光文社文庫

文庫オリジナル

ショートショート・マルシェ

田丸雅智

光　文　社

ショートショート・マルシェ　目次

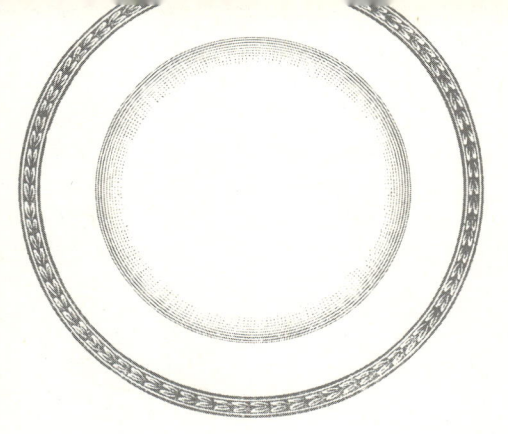

ネコの芽 7
キープ 17
カフェの素 29
踊茸《おどりたけ》 35
羊《よう》涎《ぜん》琥《こ》 53
差し歯 65
捜索料理 79
男をつかむ 97
キャベツ 113
鯛の鯛 127

皮使い 143

MEN 157

お腹のビール 169

ケイ紀 185

二枚目の 197

チョコレート・レイディ 213

信号木 225

日の出 239

解説——大森《おおもり》望《のぞみ》 246

ネコの芽

無愛想でとっつきにくいだろ。いや、それがおまえにだけじゃなくって、飼い主のおれにも同じような感じでね。飼いはじめてもうすぐ一年になるっていうのに全然慣れてくれなくて。

寄ってくるのは水浴びの用意をしてるときぐらいじゃないかなぁ。水嫌いで有名なネコにしちゃ珍しいけど、こいつは毎日のように水に浸《つ》かりたがって。洗面器に水を張ったらいつまでも出てきやしないくらいなんだ。

まあ、うちのネコが人を寄せつけないのも水をこわがらないのも、理由はだいたい分かってるんだけどね。たぶん、ふつうのネコとは違った生い立ちが深く関係してるんじゃないかと思ってる。

その生い立ちというのが、常識じゃあ考えられないような不思議な話でねぇ。

こいつと出会ったのは、旅行で地方に行ったときのことだった。山のなかをドライブしている最中に【山菜採りできます】というノボリを発見してね。無類の山菜好きのおれは、クルマを停《と》めることにしたんだよ。

「いやぁ、若い人とは珍しい」

ガイドをしてくれたのは、地元の山菜採り名人と呼ばれる老人だった。

「このあたりは珍しい山菜がたくさん採れるところでな。いまが一番いい季節だから、楽しみにしてるといい」

年齢をまったく感じさせないしっかりした足取りの老人につれられて、おれは山へと入っていった。山菜好きでも自分で採りに行くのは初めてで、胸が躍るような思いだった。

「山菜を食べる者も、最近じゃあずいぶん減ったものでの。ゼンマイなぞ、いまの若いもんはせいぜい名前を聞いたことがあるくらいで、どんなものかは見当もつかないんじゃないのかなぁ」

そうつぶやく老人に、心はいっそう浮き立った。なぜかって、おれは山菜のなかでもとりわけゼンマイが好きなんだよ。

知ってるかな、ゼンマイのことを。あのすっと伸びた先っぽにぐるぐる渦を巻いてるような形をしてる、美味で知られる高価な山菜のことだ。前に一度、知り合いの人からお裾《すそ》分けしてもらったことがあって、それ以来おれはすっかりその味のとりこになってしまって。

ゼンマイは手間のかかる山菜なんだ。たとえば、山菜にはアクが強いものが多いんだけど、ゼンマイの場合はとにかくアクが強くって。そのままだと、とてもじゃないが食べられた物じゃない。だから、生のゼンマイは重曹《じゅうそう》たっぷりの液に浸してアク抜きをしてやらなくちゃいけなかったりで大変なんだ。

でも、アクの抜けたゼンマイの味は絶品で、一度食べたら病みつきになる。

「ほぉ、それならちょうどいい。ここを行ったところにゼンマイの群生《ぐんせい》しているところがあっての。あんたにはうってつけの場所じゃあなぁ」

老人のあとについて沢沿いの獣道《けものみち》を汗をふきふき登っていくと、やがて見事な光景が現れた。

そこはまさしく、ゼンマイの宝庫だった。

こっちにもゼンマイ、あっちにもゼンマイ、食べごろのゼンマイたちがそこら中でぐるぐる渦を巻いていて、その光景は圧巻だった。自然の恵みという言葉をあんなに実感したのは初めてだったよ。

すぐさまおれは、教えてもらった採り方で、袋を満たす作業に没頭した。早くも料理のことが頭に浮かんで、食べるのが待ち遠しくてしょうがなかった。

と、おれが次のゼンマイを手にかけた、そのときだった。老人が妙なことを口にしたんだ。

「おや珍しい。それはゼンマイじゃなくてネコの芽だ」

「ネコノメ……？」

一瞬意味がよく分からずに、おれは出しかけた手を引っこめた。

言われてみると、目の前のものはほかのゼンマイとは少し違った見た目をしてた。それに加えて、数本で束のようになって生えてるゼンマイのなかにあって、それは一本だけが独立して生えていた。

しかし、いったいネコノメというのは何のことだろう……。

そう思った刹那《せつな》のこと。おれはなるほどと、一人で納得していた。タラの芽というものがあるくらいだから、単にそういう名前の山菜があるだけなのだろうと思ったんだ。

「おいしいんですか？」

お腹が空いてきてたこともあって、思わずそう聞いていた。

名人が珍しいと言うくらいだから、なかなかお目にかかれない山菜なのだろう。ゼンマイに似てるから、きっとうまいにちがいない。でも、姿かたちが似てるだけで毒草だった、なんてことは山菜採りではよくあることだと聞いたこともある。

「まあ、食べられることは食べられるが、ふつうは食べはしないかの。何しろこれはネコと同じもんじゃからな」

「同じもの？」

首をかしげるおれを見て、老人は言った。

「ネコの芽は、育つとネコになる」

あのネコのことですかと聞くと、老人は笑いながらうなずいた。

「もちろんじゃ」

「はあ、ネコ……」

「ほれ、それをゼンマイと比べてみると、そっちの方がだいぶ太くて、綿毛もふさふさ黄金色に輝いておるじゃろ。ネコの尻尾《しっぽ》みたいに見えんかね」

改めて見てみると、それはたしかに、くるっと先っぽのほうを巻いたネコの尻尾にそっくりだった。そして一度そう見えてしまうと、もはやネコの尻尾にしか見えなくなった。

「いまは生まれたばかりの新芽じゃから動きゃせんが、育つと尻尾はもっと太くなって、いずれクネクネと動きはじめる。身体は根っこの代わりに球根みたいに地面に埋まっとってな。そいつが土のなかの養分と、すきまに染みこんだ川の水をぞんぶんに吸って、春から夏にかけて少しずつ大きくなっていくんじゃよ。そうして地面の養分じゃあ栄養が足りなくなってきたころに、地上に出てきて狩りをするようになる。ああ、おまえさんがよう知っとるネコとおんなじようにな」

信じられないような話に、おれはもちろん耳を疑った。でも、老人に促されてそっとそれに触れてみると、動物みたいに温かいんだ。すぐには頭が追いついてくれなかったけど、少なくとも老人がおれを担いでるわけじゃないってことだけは、なんとか理解できた。

「尻尾が揺れ動く様子を、ここらでは幸運を招くネコ招きと呼んでおっての。ネコ神様なんて言う者もいて縁起もんじゃから、持っていくといい」

老人の話が本当ならば、やがて芽はネコへと育つ。だから正直迷いもしたけど、好奇心も相まって、おれは思い切って持っていくことを決断したんだ。芽の周りを手で掘って、袋に土ごと詰めて持って帰ったというわけだ。

旅行から戻ると、おれはそれを黒ポットに移し替えた。老人に言われたように液体肥料とたっぷりの水をやりつづけていると、ネコの芽は夏が近づくにつれてほんとにだんだん大きくなっていった。

小さなポットが膨れあがってくると、おれはそれを大きな鉢に植えてやった。そのころになると、ネコの尻尾は子ネコのものくらいの太さに育っていた。色もすっかり黄金色に染まりきって、毛並みの整った尻尾は勝手気ままに動き回るようになっててね。ネコが感情表現をするように、尻尾を立てたり、だらんとさせたり。肥料が不足しているときは毛を逆立てたりもしたから、それを見ながら、おれは毎日肥料と水の量を調節した。

そしてついに、地面がもぞもぞ動きはじめた。

さらに数日が過ぎたある日のこと、いよいよ待ち望んだ日が訪れることになる。

地面から土のついた子ネコの顔がちょこんと出てきたときには、思わず微笑んでしまったよ。老人の言ってたことはすべてがほんとだったんだと、ようやく実感を持って理解ができた。

そこから先はふつうのネコとそんなに大差はなかったな。

食べるものもキャットフードが中心になって、あっと言う間に大人のネコへと成長していった。ただ、本能なんだろう、ネコはしきりに外に出たがって、よく自分で狩りをしてはお腹を満たしているようだった。スズメやネズミの残りがベランダに落ちてることもよくあって、その後始末は気分のいいもんじゃなかったけど。

でもそれ以上に弱ったのが、ネコが全然おれになついてくれなかったってこと。それどころか、触られることさえ極端に嫌がって、無愛想なことこの上ない。ネコ撫で声のひとつも出しやしないんだからなぁ。尻尾だけのときのほうが、まだかわいかったくらいのもんだよ。


とまあ、そういうわけでうちのネコは正真正銘、山で生まれた山ネコだってわけなんだ。それも沢の水をたっぷり吸って育ってきたね。もともとそんな環境で育ったんだから、そりゃ水浴びが好きにもなるさ。水に浸かると育ったところを思い出して安心するんだろうなあ。

それから無愛想でとっつきにくい性格も、近ごろは同じようにこいつの生い立ちが影響してのことなんじゃないかなぁと思うようになってきて。

ほら、初めはこいつも山に生えた山菜みたいなものだったって言っただろ。それもゼンマイそっくりの。だとしたら、さぞかしアクは強いに違いない。

そう、もし山菜に性格があったなら、なんてことを考えてみたんだよ。そりゃアクの強い、とっつきにくいやつになるのは仕方がないかもなぁって。冗談みたいな話だけど、そう考えると納得できる部分があるじゃないか。

でも、そうは言ってもだ。飼ってる以上はやっぱり自分になついてほしいだろ。だからなんとかこいつの性格を変えられないかと、最近は悪あがきをしてみててね。何をって、ネコが浸かる水のなかに重曹をたっぷり入れるようにしてみてるんだ。

ゼンマイみたいにアク抜きできやしないだろうかって。

キープ

友人から届いた葉書は、私を大いなる困惑に陥れた。

それは、自分がオーナーをつとめる店のオープンを知らせる葉書だった。なんでも、居酒屋を開くことになったという。

それだけなら困惑することなどは何もなかった。驚いたのは、それを開いたのが彼だということだった。

その友人は、妙な研究に取り憑《つ》かれた研究者のはずだったのだ。あまりに珍奇なことをやっているので誰も相手にしてくれず、親しい人間も私くらいと言っていたほどのやつだった。それがなぜ急に居酒屋なんかに手を出したのだろう。私は不審に思いながらも、開店祝いを兼ねて店に足を運んでみることにした。

いざ着いてみると、そこは魚の鮮度と低価格を売りにした小ぎれいな店だった。

調理場で忙しそうに指示を出している友人に軽く挨拶を済ませると、私は彼の手があく店じまいまでカウンターの隅《すみ》で一人で飲むことにした。

出てきた煮魚や焼魚は、予想を遥かに超えた美味と言える代物《しろもの》だった。刺身を頼めばこれまた絶品で、私はとにかく驚いた。もちろん、ただうまいだけではない。看板文句にあったとおりに安いのだ。そうなると、余計に友人への謎は深まるばかりだった。漁業関係者への特別なルートでもあるのだろうかと思いながら、私は出てくるものを次々と口に運んでいった。

ひととおりの魚料理に舌鼓《したつづみ》を打ったころ、仕事を終えた友人が現れた。私は開口一番にこう言った。

「うまかったよ」

友人は、ほくほくした表情で返した。

「そりゃあよかった。そう言ってもらえるのがやりがいだよ」

私たちは調理場の人たちが帰ってしまうまで、酒もまじえて料理談義で大いに盛りあがった。

話も落ち着いたころ、抱いていた疑問を彼にぶつけてみることにした。

「ところで、なんでまた急に居酒屋なんかはじめる気になったんだ？」

「いや、ちょっとね」

言葉を濁す友人に、私は突っこんで聞いてみた。

「料理も堪能《たんのう》させてもらったし、別におまえのすることに文句をつけるつもりはないけど、あまりに突然の心変わりじゃないか。寝る間も惜しんであんなに打ちこんでた研究はどうしたんだよ。諦《あきら》めて違うテーマの研究に乗り換えたのなら、まだ分かる。でも脈絡なく居酒屋に転身するなんて、疑問を持つなという方が無理な話だ」

友人はためらうそぶりを見せたあと、おもむろに口を開いた。

「……これにはわけがあってね」

「そりゃそうだろう。そのわけっていうのを聞かせてくれよ」

「じつはこの店は、あの研究と無関係じゃないんだよ」

私は大いに首をひねった。

「あれとこれとが？　ごめん、ぜんぜん意味が分からない」

「だろうね」

「もう少し詳しく説明してくれよ」

「詳しくかぁ……」

彼はさらに逡巡《しゅんじゅん》する様子を見せた。

「そこまで言ったんだから、教えてくれよ。余計に気になる」

「……誰にも言わないと約束してくれるか？」

「もちろんだ」

「たぶん、ショックも大きい」

うなずきを返す。

「……なら、こっちに来てくれ」

友人は立ちあがり、店の奥へと案内してくれた。

好奇心にかられながら、いくつかの扉の前を通り過ぎていった。そして一番奥、物々しいくらいに厳重に鍵がかけられた扉を前に、友人は言った。

「ここは食材に使う魚の保管庫でね。おれ以外は立入禁止の場所なんだ。人を入れるのは初めてだよ」

その口ぶりに緊張感を覚えつつ、あとにつづいて中へと入った。

そこには予想外に広い空間が広がっていた。生簀《いけす》だろうか、中央には水族館と見紛《みまが》うばかりの大きな水槽《すいそう》がどんと置かれている。

と、きょろきょろと周囲を見渡していた、そのときだった。部屋の隅にとんでもないものを見つけて、一瞬にして身体が凍りついた。

「ああ、あれね。驚く気持ちは分かるけど、まあ、あとで説明するよ」

涼しい顔でそう言って、友人は絶句している私を生簀の方へと押しやった。激しく戸惑いながらも、私は頭の中からその光景を無理やり追っ払うよう努力した。

生簀の前で、友人は言った。

「ここに秘密のすべてが詰まってる」

彼の言葉で、意識は目の前のことへと集中させられた。見ると、生簀の中では無数の魚がひしめくように泳いでいた。

「秘密ねぇ……」

私は、その意味するところが分からずに考えこんだ。たしかに生簀は養殖場と言っても過言でないほど大きなものだったけど、これがいろんな魚を新鮮なまま提供できる秘密だというのが理解できなかった。小さな居酒屋が、一度にこんなに魚を確保してどうするのだろう。これじゃあ使われないまま死んでしまう魚も出てしまうだろうし、維持費もばかにならないはずだ。

その矢先のことだった。私はあることに気がつき声をあげた。

「あれ、傷ついてる魚がいるみたいだけど……」

壁に寄ってきた一尾を見ると、腹のあたりが欠けていたのだった。せまいところに閉じこめられたせいで、けんかでもしたのだろうか。

と、友人が言った。

「それは傷じゃないんだよ。よく見てみなよ」

そして、首をかしげる私に向かってこうつづけた。

「じつはね、おれが切ったものなんだ」

「切った……？　なにで？」

「もちろん包丁で。傷跡ならあんな風にはならないよ」

私は耳を疑った。彼はいったい何を言っているのだろう……。

混乱する私をよそに、友人はつづける。

「ほら、もっとほかのやつを見てみなよ。普通の魚にまじって変わったやつらがいっぱい泳いでるじゃないか」

どれが、と言いかけて、私は思わず口をつぐんだ。

驚きすぎて、声すら出なかった。そこには、自分の正気を疑うべき光景が広がっていた。あまりに自然に展開されていたその光景に、私は今の今まで何ひとつ疑問を抱かず接していたのだった。

ななめ上を泳いでいたのは、身体の片側だけがきれいになくなっている鰺《あじ》だった。視線を移すと、同じようなカンパチがいた。

そこまでなら、まだしもだ。

あろうことか、頭が丸々なくなって、胴体だけで泳ぐ鯛《たい》のような魚がいた。そうかと思うと、身体部分が骨になった鮪《まぐろ》の頭が横切っていった。

私は卒倒する思いだった。

「これが研究の成果というわけさ」

それで、ようやくすべてがつながった。

「……じゃあ、不老不死の薬は完成してたって言うのか？」

友人は、深くうなずいた。

「まさか、そんなことが……」

だが現に、目の前ではそうとでも言わなければ説明できない現象が展開されていた。

こんな状態で生きていられるなんて、死なない魚だからだとでも言うほかない。

「ここにいるのは、ぜんぶ不老不死の魚だよ」

呆気《あっけ》にとられる私に向かい、彼は語りはじめた。

「おれが憑かれたように不老不死の研究をしてたのは、おまえも承知の通りだ。あらゆるやつらから変人扱いされるおれに研究費がつくわけもなく、おれはほかの仕事で稼ぎながら家にこもって長年一人で研究をつづけてきた。そしてとうとう、それを実現する薬を開発してしまったんだよ。

でも、完成したとたんにおれは突然、憑きものが落ちたようになってね。それまでは、不可能と言われる研究を自分が成し遂げることばかりを目標に研究をつづけてきた。それがいざ完成してみると、使い道のことにまったく考えが及んでいなかったことに今更ながらに気がついたんだ。それどころか、こんなものが出回った世の中のことを思うと恐怖感にさえ苛《さいな》まれた……。

と言って、膨大《ぼうだい》な時間と費用をつぎこんだ成果を破棄《はき》してしまうこともできやしなかった。どうすればいいのか頭を抱える時期が長くつづいたよ。そうしてたどりついたのが、この魚料理を出す居酒屋だというわけだ」

私はクラクラしながら彼の言葉に聞き入った。

「海水に薬をまぜておくと、魚は死ななくなるんだよ。この通り、身を切られてもまったく変わらず元気に動きつづける。最後の最後、骨を砕いて粉にするまでね。もっとも、粉になったからといって死んだという保証はどこにもないけれど。

魚は鮮度が命だから毎日仕入れをしなけりゃならないし、使いきれずに余った部位なんかはどうしても処分しなくちゃいけなくなるだろ。その点、薬を使えば一度にたくさん仕入れておいて、必要なときに必要な部位だけ切り取ればいいんだから、無駄がなくなりコストはずいぶん安くなる。それに何より、いつでも新鮮な魚を口にすることが可能になる。調べてみると薬の効果は食べた人には現れないと分かったから、それじゃあ鮮魚を売りにした居酒屋でも開いてみるかという気になったんだ。不老不死の鮮魚を出す店。うちの店なら、食べきれなかった分の魚を酒のボトルみたいにキープすることだってできるんだ。

もちろんこの光景を見ると抵抗感を示す人もいるだろうけどね。でも、倫理を問うなら家畜の解体だって同じことだし、そもそもこれを人に見せる気はないんだから、おれはさして気にはしてない」

美味を堪能した私としては、もちろん文句など皆無だった。

「しかし凄いことをやってのけたもんだなぁ」

せっかくの偉大な研究が陽の目をみないのはもったいないとは思ったけど、うまいやり方を見つけたものだと私は彼に尊敬の念すら抱きはじめていた。

と、唐突に、先ほど部屋の隅で見た恐ろしいもののことを思い出した。

「……もしかして、さっきのあれも不老不死と関係のあることなのか？」

私はすぐさま尋ねていた。

「ああ、あれはね……」

彼は表情を曇らせて言った。

「ついこの間のことなんだ。ある高名な美食家がここにやって来てね。どこから噂が流れたのか、不老不死の薬のことを口にするじゃないか。雇ったコックに嗅《か》ぎつけられたかと思いつつ、もちろんおれはシラを切りつづけた。でも、男はどうしてもと言って引き下がらない。そこでおれはこう言ったんだ。たとえ死なない身体を手に入れたって、いいことなんて何もないってね。すると男は驚くべきことを口にした。そいつはね、命が惜しいわけじゃない、すべては美食のためだと言うんだよ」

「美食のため……？」

「ああ、常人には理解しがたいことだけど、究極の食とやらは自分の身体を食すことだと男は主張するわけさ。不老不死の身体になれば、自分の身体を最後の最後まで堪能することができるだろ。だから薬を分けてくれって言うんだよ。あまりのことに言葉を失ったけど、おれは狂気をはらんだ熱意に負けてつい薬を渡してしまったんだ……」

「なるほどそれで」

「ああ、あそこで骸骨《がいこつ》が食事をしてたのは、そういう経緯《けいい》さ」

カフェの素

「すみませんが、そちらの砂糖をお借りしてもよろしいでしょうか？」

声をかけると、隣の青年は本をめくる手を止めて顔をあげた。

不意をつかれた感じの青年に、私は事情を説明した。

「こっちのテーブルには、砂糖が置かれてないんですよ」

「なるほど、これのことですね。紛らわしくてすみません。これは砂糖じゃないんです」

すまなさそうな青年に、私は首をかしげた。青年のテーブルに置かれてある白い陶器。そこから顔をのぞかせているのは、どう見たって角砂糖だった。

私の怪訝《けげん》そうな表情を読み取ったのだろう、青年は口を開いた。

「形こそ角砂糖のようですが、まったく違うものでしてね。ぼくは特に、集中力を高めるために使っています」

「どういうことでしょう？」

私は意味が分からずに、思わず尋ねた。糖分で、集中力を高めているということだろうか。でもこれは、砂糖ではないらしい。じゃあいったい、何だというのだろう……。

「ところであなたは、集中したいときにはどういうことをなさいますか」

青年に尋ねられ、私は言った。

「そうですねぇ、チョコを食べてみたりとか、BGMを流してみたりとか、そういったところでしょうか……」

状況がよく呑みこめないままで、聞かれるに応じて答える。

「なるほど」

と青年。

「私の場合は、こうしてカフェに来ることでしてね。外で仕事をするときや、集中して本を読みたいときなんかは、決まってどこかのカフェに足を運ぶんです。カフェほどいいものはありません。何より、この雑多な感じがいい」

私は同意して、うなずいた。

「ぼんやり外を眺める人、何かの作業に打ちこむ人、会話に夢中になる人。カフェには、本当にいろいろな人が存在しています。それでいて、お互いに干渉することなく、それぞれがそれぞれの世界を保ったままで過ごしている。じつに不思議な空間です。そして、たくさんの音がまじってできあがる心地よい雑音。これが何より、ぼくの集中力を高めてくれます。カフェの音は最高のBGMですよ」

青年は陶器からひとつ、シュガートングで白いキューブをつまみだした。

「そのカフェの空気を閉じこめているのが、これなんです。これはいわば、カフェの素とでも言うべき代物《しろもの》でしてね」

「カフェの、何ですって？」

驚きで、聞き返す。

「このなかには、世界各国、様々なカフェの空気が封じこめられているんですよ」

青年は、私が見えるようにと、つまんだキューブをこちらへ差しだした。

「カフェの空気を味わうには、当然ながらその場所に足を運ぶことが必要です。ですが、遠い異国のカフェであったり、身近なカフェでも閉店時間を過ぎてしまったあとなどは、それは望んでも叶えられない願いです。その点、このキューブを使えば、カフェに行かずとも本物同様のカフェの雰囲気を楽しむことができるんですよ。

これをそっと、飲み物のなかに落としてやるでしょう？　底に着いてしばらくすると、湯気にまじってどこからともなくざわざわと音が聞こえてくるんです。マドラーで拡散してやるうちに音はどんどん大きくなって、次第に臨場感が生まれてきます。チェアが床をすべる音。本のページがめくれる音。その奥で鳴るジャズの音。ときおり上がる笑い声。まるで、実際にカフェを訪れているかのように錯覚してしまうほどリアルな音です。

カフェの素には、いろいろなバリエーションがありましてね。ロンドンのソーホーのカフェに、芸術家の集まるパリのモンパルナスのカフェ。スペシャルティコーヒーの発祥地、シアトルのもの。日本でいえば、吉祥寺のカフェ。

そういったなかから、そのときどきで自分の好みをチョイスして、手元のカップに落としてやる。ゆっくり飲み物を味わって、立ちのぼるカフェの雰囲気に溶けこみながら、ぼくは自分の作業に没頭するというわけなんですよ」

青年の話を聞くうちに、そんな素敵なものが存在するならば、ぜひ使ってみたいものだと思った。

と、青年は口調を変えて言った。

「さて、そろそろぼくは切り上げることにしますね。今日もずいぶん、読書が進みました。やっぱりいいものですね、カフェでの時間は」

そして、うしろで流れるジャズの音に負けない声で、青年は言った。

「ほら、たとえば紅茶やコーヒーを飲むときなんかに砂糖がうまく混ざってないと、カップの底に残ってしまって味にムラが出ることがあるでしょう？　このキューブもおんなじで、マドラーでの混ぜ方が甘いとカップの底にカフェの素が溶けずに残って、立ちのぼる空気感にもムラが生じてしまいましてね」

「はあ……」

唐突な言葉に、私はぽかんとしてしまう。

青年は、私に構わずつづけて言った。

「そういうときは、飲みはじめではカフェの音が遠くに聞こえ、残りの量が少なくなるとだんだん空気が濃くなって、臨場感がぐっと増していくんですよ。よほどムラがある場合には、音だけではなく最後にカフェの光景までもが見えてくることもありましてね。そしてときには、隣に座る人から声をかけられることなんかまで。じつにおもしろいものですよ、このカフェの素は」

そう言って青年がカップを持ちあげ残りをぐっと飲みほすと、私の意識はなぜだか急に遠のいた。

踊茸《おどりたけ》

「そんなに茸《きのこ》が好きなのならば、今度ぜひ、うちの村に来ればええですよ」

仕事関係の宴席でのこと。席を同じくした初老の男性が突然そう言ったものだから、私は食べかけの串を手に持ったまま顔をあげた。とある村の村長を務めている彼は、串焼屋で茸ばかりを頼む私に気がついて声をかけたようだった。

初対面の人に指摘され、私はなんだか気恥ずかしくなった。

「いえ、なんとなく、今日はそういう気分になりまして……」

本当は好物だったのだけれど、取り繕うような言い方をしてしまった。村長さんは、それを見透かしているように笑った。

「ほほ、大いに結構」

そして、ぎこちない笑みを浮かべる私につづけて言った。

「しかし、うちの村は本当に茸がたくさん採れるところでしてなあ。秋になると良物《りようもの》が、もうどっさりと。もし都合があうならば、ぜひ遊びに来てほしいもんですわい」

それを聞いて、私の心はにわかに弾んだ。籠《かご》いっぱいに採取された茸の山を想像して、口の中がじんわり唾液《だえき》でしめっていくのが自分で分かった。

「採れるのは、どんな茸なんですか？」

身を乗りだしながら聞いてみた。

「シメジにナメコ、椎茸《しいたけ》に平茸《ひらたけ》、舞茸《まいたけ》に松茸。それはもう、いろいろですなあ」

「秋がさぞ待ち遠しいことでしょうねぇ」

私はしみじみ、そう言った。

「そのとおり。みながみな、茸の季節を待ち望んでおりますわい。なかでもうちの村では、とくべつ心待ちにされておる茸がありましてな。よその土地ではなかなか手に入らない、とても珍しい茸が採れるのです」

「トリュフでも自生しているんですか……？」

「もっと珍しいもんですなあ」

「というと？」

意味ありげに笑みを浮かべる村長さんに、私はがぜん興味を引かれた。

「関心がおありですかな？　ならば、なおさらちょうどええです。もう少しで、その茸にちなんだ祭りをやるんですわい。そのときぜひ、うちの村においでなさい」

珍しい茸のことはもちろんのこと、気さくな村長さんの人柄にも惹かれて、私はすぐに返事をしていた。

「お言葉に甘えて、お邪魔させていただきます！」


ひと月ほどがたったころ、ポストをのぞくと洒落《しゃれ》た封筒が届いていた。同封されていた地図を頼りに、私は村へと出かけていった。

電車とバスを乗り継いでたどりついたのは、山あいの小さな村だった。

「よう来てくださいました」

村長さんの家を訪ねると、初老の女性が玄関口に出てきて言った。

「あなたのことは、主人から聞いておりますよ」

微笑む奥さんの優しい表情に、私は長旅がいやされる思いになった。

奥さんは、村長さんととても雰囲気の似た人だった。夫婦というのはこうも似るものなのだなぁ。そんなことを考えながら、私は客間の座敷へと通された。

感じが良いのは、夫婦二人だけではなかった。

座敷で村長さんと話をしていると襖《ふすま》が開き、横からすっとお茶が差しだされた。

「お構いなく」

そう言って視線をやった私は、目を見開くことになった。そこには、美しくも控えめな雰囲気の漂う、若い女性が立っていたのだった。

「これは私の、一番下の娘でしてな」

ぺこりと頭をさげる娘さんに、私の心は一瞬にして奪われた。見た目の美しさに加えて、にじみ出ている育ちの良さに強く惹かれたからだった。

村長さんから簡単な紹介を受けたあと、私たちは二、三の会話を交わした。もうそれだけで、もっと話をしていたいものだとすっかり舞いあがってしまった。しかし、中断された村長さんとの会話がすぐに再開されたので、娘さんはすっと襖を閉めて奥へと消えた。

内心でがっかりしながらも、私は会話に戻ることにした。それでも話は思いのほか盛りあがり、夢中になって話すうちにいつしか時がたっていた。

「それじゃあ、ぼちぼち」

夕暮れどきになったころ、村長さんが言った。

「祭りもはじまるころですから、行ってみますかな」

私はずっと気になっていたことを尋ねてみた。

「あの、前におっしゃっていた珍しい茸というのも、そこで？」

「ほほ、採取されたものがどっさり用意されておりますよ」

ワクワクしながら村の広場に足を運ぶと、いくつもの屋台が並んでいた。

村長さんに案内されて、私はそのひとつへと歩み寄る。見ると、ドラム缶を半分に切ったようなものに炭が入れられ、網がのせられていた。茸の網焼きを食べながら祭りをするのが習わしなのだと、村長さんが教えてくれた。

「例の茸は、それですわい」

「はあ、これが」

私はダンボール箱に詰められているものを手に取って、しげしげと眺め入った。その茸は、大きなマッチ棒のような形をしていて、デフォルメされた人間のように見えなくもなかった。

「たしかに、あんまり見ない形のものですねぇ」

「これは踊茸という茸なんですわい」

「オドリタケ？」

「ほほ、なんだか舞茸の親戚のような名前でしょう？　しかしこの茸は、じつにおもしろいものでしてなあ。その名の通り、焼くと踊りだす茸なのです」

「踊る……？」

「ほら、こうやって」

と、村長さんはそれをひとつ、網の上へと持っていった。そして粗い網目に柄をねじこんで、きれいに茸を直立させた。

しばらくすると、次第に変化が起こりはじめた。鰹節《かつおぶし》が踊るようにして、火に炙《あぶ》られて茸がくねくねと踊りだしたのだった。

「なんだか人が踊っているように見えますねぇ」

私は興味をかきたてられて、その様子にじっくり見入った。涎《よだれ》をさそう香りが、ほのかに漂う。

「火が通ると踊る茸。それで踊茸と呼ばれておるわけです。ですが、名前の由来はそれだけではありませんでな」

「ほかにも何か……？」

「ほほ、祭りがはじまると分かりましょう」

広場の中心に組まれた井桁型《いげたがた》の丸太に火が入れられて、それが祭りの合図となった。大勢の人がにぎわうなかへ、茸の香りが押し寄せる。

踊茸を食べた人から順々に、高く燃える焚火《たきび》のそばへと移動した。人々は、楽しげに踊りはじめた。

「さあ、祭りの名物、キノコ踊りのはじまりですわい」

踊る茸を食べながら踊りに興じるなんて、なんとも小粋なものだなぁと思った。踊る人々を見ているうちに、私までもがだんだん愉快な気持ちになってきた。

と、ふと、私は人々の踊る様子がおかしなことに気がついた。手をくねくね動かす人、足をせわしげに動かす人、腰をぐるぐる回す人。人によって動きがてんでバラバラで、祭囃子《まつりばやし》の調べとは無関係に、それぞれがまったく別の踊りをちがうリズムで披露《ひろう》していたのだった。

異様な光景を前にして、私は思わず口を開いた。

「みなさん、踊り方が全然ちがうものなんですねぇ」

「ほほ、これぞキノコ踊りの特徴ですわい。みながみな、自由気ままに自分のリズムで舞い踊る。すべては踊茸の力に由来しておることでしてなあ」

私は反射的に屋台のほうへと視線をやった。網のステージで、炙られ踊る茸たちが目に入る。

「あの茸のですか……？」

「踊茸には名前の由来が二つあると言いました。ひとつはああやって、網の上で踊茸そのものが踊るということ。そしてもうひとつ。それは、踊茸を食うたもんを踊りの世界へいざなう力を持っておるということですわい」

私の脳裏に、宴席で酔って踊りだす人のことが浮かんできた。まさか酒でもあるまいし、茸を食べたくらいで踊るだなんてと戸惑った。

その気持ちを察したようで、村長さんは言った。

「茸のなかに、笑い茸というのがありますでしょう？　茸に含まれる成分のせいで、食べると笑いがとまらなくなってしまうというやつです。踊茸にはそれと似たような作用がありましてな。口にすると身体が自然と反応して、踊らざるを得なくなるのですわい」

「そんなことが……」

「起こるのです、こうして実際に。みな、じつに楽しげに踊っておるでしょう？」

私はそちらに目をやった。村長さんの言葉には、まだ半信半疑といったところだったけど、たしかに楽しそうに踊っているというのに間違いはなかった。

でも、と私は尋ねた。

「人を踊らせる力というのと、みなさんの変わった踊り方とは、いったい何がどう関係しているんでしょう……」

「それこそまさに、踊茸に含まれる特殊な成分の影響でしてなあ」

笑みを浮かべる村長さんに、私は耳を傾けた。

「踊茸には、身体の周期を体現させる効果があるのです」

「周期、といいますと？」

「生まれたときから人それぞれが固有に持っている、バイオリズムと呼ばれるもののことですわい。それを刺激して増幅させて、踊りという形で体現させるのが踊茸の力なのです。みながちがう踊りをしているのは、それぞれが自分のリズムをもってして踊っているからにほかなりません」

村長さんは、遠くを見ながらつづけて言う。

「古来、人々は踊りをとおして自己表現を行ってきたもんですが、今あるすべての踊りの起源は踊茸にあると言われておりましてなあ。昔は各地の山々に踊茸が生えていて、人々はそれを食して身体のなかのリズムを外に出すことを覚えていった。そうして自分という存在の根源的な部分を相手に伝え、意思疎通の手段のひとつとしていったのですわい。やがて特徴的なリズムをもった人の踊りが周囲から崇められるようになり、まねをするもんが現れて、それが広まり地域的な踊りへと発展していった。特別な踊りは風土が変わり踊茸が採れなくなってしまってからもきちんと残って受け継がれ、今に至るというわけです」

遠い時代に思いをはせ、私はなんだか途方もない気持ちにとらわれた。

踊る人々に視線を向ける。言われてみると、なかには既視感のある動きをしている人もいた。有名な踊りの原型になった昔の人物と、血のつながりでもある人なのかなぁなどとぼんやり思った。各地の踊りというものが、いち個人の身体の周期に端を発していたなんて考えたこともなかった。

そのときだった。私は、あれ、と声をあげた。

「村長さん、踊茸を食べずに踊りに加わっている人もいるようですが……」

「長年あれを食べつづけておると、口にせずとも身体がリズムを覚えてしまって自然と踊れるようになるんですわい。まあ、そんなことよりも、あなたも食べてみてはいかがかな？」

微笑む村長さんに、ぎくりとした。

「い、いえ、私は遠慮しておきますよ」

「ほぉ、興味がありそうなのに、なぜ」

「恥ずかしながら、踊りは苦手なんですよ……。小学校のときに友達に笑われて以来、どうにも……」

「ほほ、そんなことなら気にせんでええですよ。勝手に身体が反応して、気づかぬうちに踊ってしまっておるというのが踊茸ですからなあ」

いや、でも、と躊躇《ため》う私に、村長さんは焼き立ての踊茸を紙皿にとって渡してきた。

それで私は観念した。こんなにいろんな動きをしている人にまぎれていたなら、自分が目立つこともないだろう。そう思ったこともあって、出されたものを腹をくってほおばった。

「おいしいです！」

私は叫んだ。

「でも、身体のほうはなんともないようですが……」

「いやいや、自分で気づいておらんようですが、すでに足が動きはじめておりますよ」

「わわっ、ほんとですね」

「ほら、手首も腕も動きだした。立派に踊れておるじゃないですか。あとは動くに任せて、みなにまざって踊ってみるとええですよ」

言われて私は、高く燃える焚火のほうへと一歩ずつ近づいていった。

踊りながら、不思議な気持ちに包まれていた。自分の意思とは無関係に、身体が自然と反応する。それでいて、無理やり操られているような感じはまったくない。焚火の炎に照らされながら、自分の内からこみあげるリズムに乗るというのは、こうも心地よいものなのかと思った。

あたりには、私のように歩きながらゆったりしたペースで踊る人、ダイナミックにせわしなく身体を動かす人、その場に止まって静かに踊る人など、いろんな人が自分の踊りに興じている――。

炎がいっそう高くあがり、祭りの盛り上がりが最高潮に達したとき。私はふと、村長さんの娘さんの姿を群衆のなかに見出した。

美しく踊るその姿に、私は惹きつけられるように近づいた。向こうもこちらに気がついたようで、気恥ずかしそうに目を伏せた。

「あの、村長さんの……先ほどはどうも」

思い切って声をかけた私に、娘さんは、いえ、と控えめに答えた。

踊りで気持ちが高揚《こうよう》していたことも手伝って、私はチャンスが来たと図々しくもいろんな話を娘さんに振ってみた。ひとつひとつ、丁寧な言葉と素敵な笑顔を返してくれる娘さんに、心はどんどん惹かれていった。なんだか動きも妙に合っているようで、私たちはいつしか並んで踊っていた。

「ほほ、楽しく踊っておりますかな」

とつぜん声がして顔を向けると、村長さんと奥さんが二人して立っていた。なんだか逢瀬《おうせ》を見つかったようで、気まずい思いがこみあげた。

「いやいや、気にせずそのまま踊っておってええですよ。と言っても、止めたくても途中で踊りは止められんでしょうけどな。しかし、こういうことが起こるのですから、縁というのは本当におもしろいもんですわい」

その言い方が引っかかり、私は尋ねた。

「こういうこと、というのは……？」

「いえ、なに、あなたら二人のことでしてな」

村長さんは微笑んだ。

「じつはこの祭りには、単なる祭り以上の意味がありましてなあ。とても重要な村の儀式でもあるのです」

娘さんは、なぜだか踊りながらもずっと顔を伏せたままだった。ぽかんとする私に向かって村長さんは言う。

「踊茸を食うて内からこみあげてくるリズムというのは、どうにもごまかしようのないもんです。それで昔から、この祭りは真にリズムの似たもん同士を見つけて引き合わせるための儀式でもあるのですよ。なあ」

奥さんも、にっこりうなずいた。

「それじゃあ……」

「踊りの似ておるあなたら二人は、似たもん同士ということですわい。そういう男女が結ばれると、万事がうまくいくようになっておりましてな」

いきなり言われたものだから、うれしいやら恥ずかしいやらで、どう答えればよいのか戸惑ってしまった。娘さんのほうへと目をやると、炎のあかりとはちがう赤で頬がうっすら染まっている。儀式のことを知っていたから顔を伏せていたのかと、ようやく悟った。

娘さんを意識しすぎて、私はだんだん踊りがちぐはぐになってきた。取り繕おうとすればするほど、リズムはどんどん崩れていく。

必死になって踊ろうとする私に、村長さんが笑って言った。

「ほほ、無理をせんでもええですよ。リズムがくるってきておるのは心の乱れではなく、たんに踊茸の効果が切れてきておるだけですからな。またひとつ、新たに食えばええだけです」

照れ隠しをしていることを見抜かれて、余計に恥ずかしくなった。

「長いこと踊茸を食うておると身体がリズムを覚えてくれて、それを食わずとも踊れるようになると先ほど言いましたな。いずれはあなたらも、そうなりますわい。これから二人で、自分たちのリズムを身体で覚えていけばええんです。もしもあなたにその気があるならば、ですけどなあ」

「いや、あの……」

からかうような言い方に、私はさらに口調までもがしどろもどろになってしまった。

「ほほ、とりあえず、私らもひと踊りしますかな。あなたらを見ておると、私らが初めて出会ったあの日のことを思い出してきましたわい」

そう言って村長さんは、奥さんと二人で仲良く並んだ。そして身体をくねらせ同じリズムで焚火のほうへと、一歩、二歩。

羊涎琥
よぜんこ

「ねぇ、これ、いいでしょ？」

あるとき妻は、とあるものを見せてきた。

「へぇ、懐かしいもんだなぁ。近くで祭りでもやってたのかい？」

誇らしそうにする妻に、私はそう尋ねてみた。

「ちがうのよ、うちで作ったの。製造機を使って」

「製造機？　そんなもの、あったっけ？」

「ううん、リースしてもらったの」

「どこから？」

「新しい仕事先から。ほら、内職をはじめるって言ったじゃない」

「ああ……」

そういえば、と思い出す。そんなことを聞いたような覚えがあった。

「でも、珍しい内職があったもんだなぁ。綿アメを作る仕事だなんて」

妻が手にしていたものは、割箸のまわりをふわりと囲む白い塊《かたまり》だった。

私は、小さいころのことを思い出していた。昔はよく、弟と一緒に綿アメ製造機で遊んだものだった。

茶色いザラメを装置に入れて、温度をあげる。それを回転させると溶けたザラメが宙に飛んで、割箸を使ってかき集めると綿アメができてしまうのだ。そうして作った綿アメは、とても貴重で素敵なものに思えたものだ。

「ううん、それが、綿アメじゃないのよ、これ」

思わぬ言葉に、私は回想の中から現実世界へ引き戻された。

「ええっ？　それじゃあこれは何なんだい？」

「ウールよ、ウール」

「なんだって？」

妻はいきなり、おかしなことを言いだした。

「原料は、これよ」

そう言って差しだしてきた手にのっていたのは、琥珀《こはく》のような粒だった。

「ザラメ……？」

「ブブー。正解はね、羊涎琥っていうものよ」

「ようぜんこ？」

妻は漢字を説明する。

「何だい、それは」

「教えてほしい？」

「教えてほしぃ」

「これはねぇ、羊が作る物質なのよ」

得意そうに、つづけて言った。

「羊の種類で、いつも毛づくろいばかりをしてるグルーム・メリノってのがいるんだけどね。その羊が毛づくろいをするときに、毛が体内に入っていって。猫の場合はそれが毛玉になって外に吐き出されるってわけなんだけど、グルーム・メリノの胃液には、時間をかけて毛玉を変化させる作用があるの。胃の中で凝縮されて、だんだん結晶状になっていくのよ。そうしてできるのが、この粒たち。何かの拍子にのどを通って口の中からパラパラと外に出てくるものだから、昔のヒトは羊の涎《よだれ》でできたものだと考えたみたい。それが琥珀みたいに見えるから、羊涎琥という名前がついたってわけよ」

「ははあ、そんなものが……」

おもしろいものがあるものだなぁと、私は思った。

しかし妻は、いつからこんなに博識になったのだろう。

「だって、最初の研修で勉強したんだもの」

そういうことか。

私は妻がウールと呼ぶものを見ながら言った。

「で、その羊涎琥ってのとウールとは、どう関係してるっていうんだい？」

「これを温めて飛ばしてあげると繊維になって、かき集めると超一級品のウールになるの。羊涎琥は、いわばウールの素ね。胃液で変化していくうちに羊毛の中の不純なものがそぎ落とされていって、洗練された成分だけが羊涎琥として残るのよ。どう？　おもしろいでしょ？」

「まるで綿アメみたいな作り方だなぁ」

「そう、だから綿アメ製造機をそのまま転用できるのよ。高級品として売れるのに、特殊な装置もいらないし、とっても簡単にできてしまうから、すごく割のいい仕事なの」

そんなウマイ話をよく見つけてきたものだと感心した。

「だからこの白いのは、食べちゃだめよ。絶対に」

ウールをうしろに隠した妻は、叱るような口調で言う。

「綿アメとはちがうんだからね」

「食べないよ。子供じゃないんだから」

私は苦笑まじりに返事をする。

「いい？　ちゃんと守ってよ。それから、装置を勝手に使うのも禁止だからね。これはあたしの仕事なの」

「はいはい」

肩をすくめて、適当に答えておいた。

その日から、妻はせっせとウール作りに励むようになった。

帰宅すると、たくさんの白い塊が私のことを待ち受けていた。それらは花瓶に挿《さ》されていたるところに置かれてあって、まるで綿アメ屋に迷いこんだかのような気分になった。

「あれ、それは？」

その中に、変わったものを見つけて言った。

「ああ、これね。こうすると、もっと仕事が楽しくなるんじゃないかと思って自分で作ってみたのよ。かわいいでしょ？」

クルクルとした羊の角のようなもの。妻はそれを、割箸の先っぽのほうに取りつけていた。

「ほら、これでウールを集めていけば、羊の身体にだんだん毛がついていくように見えるでしょ。なんだかワクワクしない？　それに、たくさん並べたら羊飼いになったような気分になって楽しいわよ」

何にせよ、自分なりの楽しみ方を見出しているのは良いことだろうと思った。

あるとき、ソファーでくつろいでいると妻が寄ってきた。

「ねぇ、ちょっと見てよ」

「なんだい？」

「本なんて読んでないで、こっち見てってば」

仕方ないなぁと目をやって、私はぎょっとした。妻が、ウールを食べていたのだ。

「ばか、何やってんだ！」

慌てて私は止めにかかった。すると妻は、大きな笑い声をあげたのだった。

「あはは、そんなに驚かなくたっていいじゃない」

「……そんなことして大丈夫なのかい？」

「そりゃそうよ。だってこれ、綿アメなんだもの」

「なんだって？」

「装置にザラメを入れて、綿アメを作ったのよ。言ったでしょ？　使ってる装置はふつうの綿アメ製造機とおんなじものだって。だったら、綿アメが作れて当然じゃない」

「それは、まあ……」

なんだか狐につままれたような気分になった。

「あはは、変な顔。いっぱいウールを作ってたら、なんだか無性に綿アメが食べたくなってきたのよ。それで作ってみたってわけ。あなたの前で口にしたら驚くかなって思ったけど、大成功だったわね」

事情が分かって、私はほとほと呆れ果てた。しばらくのあいだ、私の慌てた顔をまねして笑う妻の相手をこなす日々がつづくことになって、うんざりした。

「右と左、どっちがウールで、どっちが綿アメでしょう？」

二つの白いもののうち、どちらかひとつを食べさせられる。そんなゲームをやらされるようになったのも、困りものだった。

「ねぇ、ちょっと、聞いてるの？」

「はいはい」

「なら、どっちよ」

「こっちかな……うわっ！　ぺっぺっ！」

「残念！　ハズレでしたぁーっ！」

妻は残ったほうの綿アメを、おいしそうに口にする。なんとも子供じみた妻を持ったものだ。口の中をゆすいだあとで、私は溜息をつく。

そんなある日のことだった。私は突然、妻からリボンのついた箱を渡された。

「はいこれ、あげる」

「なんだよ急に」

「いいから、開けてみてよ」

急かされて、リボンを慌てて解いてみた。蓋を開けると、中からマフラーが現れた。

「あなたへのプレゼントよ」

妻はにっこり微笑んだ。

「今日、なにかの記念日とかだっけ……？」

「なによ、プレゼントをあげるのに理由がいるわけ？　もっと喜んでくれてもいいじゃない。うれしくないなら、返してよ」

むすっとした妻をなんとかなだめ、尋ねてみる。

「ところで、どこで買ってきたんだい？　タグもないし、ブランドは……」

「ふふ、知りたいの？」

「教えてほしいな」

「これはね、非売品なのよ」

「非売品？」

「そう、あたしオリジナルの、一点もののマフラーよ。どう、すごいでしょ？」

誇らしげな妻に、私は聞く。

「オリジナルって、どういうことだい……？」

「内職の成績がよかったから、ご褒美にって集めたウールで希望のものを何でも作ってもらえることになったのよ。だからあたしは、あなたへのマフラーを注文したというわけよ。ダンナ思いの、なんて素敵な妻なのかしら、あたしって」

そういうことかと理解した。

「ちゃんと会社につけていってよね」

「もちろんだよ」

「さ、今日もノルマを達成しなくっちゃ」

妻はうれしそうな顔を見せながら、ウール集めを再開する。

こうして私は妻オリジナルのマフラーを手に入れたわけなのだが、ことはそう簡単には終わらなかった。そのマフラーに厄介ごとが見つかって、どうしたものかと弱ることになったのだ。

「どう？　いいつけ心地でしょ？」

「うん……」

私は力なく返事をする。残念ながら、そのマフラーは妻の言葉からは程遠い妙なものだった。だからといって、妻の手前、外すことなどできやしない……。

こうなったのも、すべては妻のあの行動が原因だろう。ときどきやっている綿アメ作り。あれが災いして、マフラーに使った羊涎琥の中に、どうやらザラメが混入していたらしいのだ。

おかげで今、私は首のまわりがやたらとベトついている。

差し歯

「これはもう、差し歯ですねぇ」

ライトをかざしたその医者は、おれの歯を見るなりそう言った。

「ここまで虫歯が進行していては、それが最善の策でしょう」

診察を終え、おれは医者と向かい合った。

「その……差し歯となると、いったいどれくらいの金額がかかるものなのでしょうか……」

おそるおそる、切りだした。金欠なのでずっと我慢していた前歯の痛みが、かえって財布を圧迫することになるなんて、皮肉なものだとおれはがっくり肩を落とした。

「それは、ピンキリですねぇ」

医者は言う。

「差し歯を作る素材によって全然ちがってきますから。上を見れば、金歯にする方だっているくらいですしねぇ」

「金歯！　そんな、とんでもない」

おれは即座に否定した。見てくれがどうこう言う前に、いまの自分に払える余裕があるわけがなかった。

頼みこむように、おれは言った。

「お恥ずかしいご相談ですが……どうにか安くすむ方法はないものでしょうか……」

「もちろん、ありますよ」

医者の言葉に、心がぱっと明るくなった。

「プラスチックの歯にするならば、ずいぶん安くなりますね」

「はあ、プラスチックですか。ずいぶん丈夫なのがあるんですねぇ。それで、肝心の金額は、どれくらいのものなんでしょう……？」

「保険が適用できるので、ざっとこんなものでしょうか」

医者は数字を口にする。

「よかった、それならなんとかなりそうです。では、その歯でお願いします」

一番安いもの以外おれに選択肢はなかったから、迷うことなく即決した。

だが医者は、意外なことを口にした。

「……と、ふつうの医者なら、その歯をすすめて終わりでしょうね」

意味ありげな言葉に不意をつかれる形となって、おれは思わず医者の目を見た。そして首をかしげながら、つづきの言葉を促した。

「何かべつの方法があるとでも……？」

「そのとおり。私の場合は少々事情がちがってきましてね。じつは、もっと安い差し歯があるのですよ」

医者はとつぜん笑顔になって、楽しげに言葉を継いだ。

「あなたはとても運がいい。何を隠そう、私は日夜、差し歯の研究を行っている人間でしてね。その研究の成果が、最近ようやく形になったところなんですよ。つまり私は、既存のものよりさらに安い差し歯を、世界で初めて実現したというわけです」

「本当ですか！」

おれは叫ぶように口にした。少しでも安いものがあるならば、それに越したことはない。品質のことが頭を少しよぎったけれど、ある程度は仕方がないなと思いながら医者の言葉に食いついた。

「それで、その歯というのはどんなものなんでしょう」

「それは見てのお楽しみです。興味があるなら一緒に見に行ってみますかね」

「見に行くって、いったいどこに？　ここにはサンプルがないんですか？」

「いえいえ、サンプルどころか、すぐに治療に使える実物がありますよ。ここの敷地内にね」

謎めく言葉に、おれはどんどん引きこまれた。

「敷地内というのは……？」

「見ればすぐに分かります。ご案内、しましょうか？」

おれは、すぐさまうなずいた。医者は立ち上がり診察室の外へ出た。

研究所でも併設されているのだろうかと思いながら、つかつかと歩く医者のうしろを、おれは急ぎ足でついて行った。

建物の一番奥、裏口とおぼしき扉の前にたどりつき、医者は言った。

「この向こうですよ。とっておきの差し歯があるのは」

扉が開いて、とつぜん光が差しこんだ。一瞬、眩《まぶ》しさに目がくらむ。

目が慣れると思いもよらない光景が飛びこんできて、おれは大いに驚いた。

そこは草木の茂る裏庭だった。雑草のなかに背の高い植物がたくさん空へと伸びていて、家庭菜園のように見受けられた。

「こんなところに差し歯があると……？」

わけが分からず、おれの頭はこんがらがった。

「ええ、そのとおりです。目の前のものが、それですよ」

「目の前のもの？　どれのことでしょう？」

「ほら、そこにあるではないですか」

医者は秘密を明かす子供のような笑顔で言った。状況がのみこめず、おれはすっかり狼狽《ろうばい》した。

その様子を見かねたのか、医者は生えている植物のひとつに歩み寄り、ぽんぽんと叩いて見せた。

「これが私の生み出した、新しい差し歯です」

解決するどころか、医者の言葉はおれの混乱に拍車をかけるだけだった。まったく話がつかめないおれは、見たままのことをなんとか口にするので精一杯だった。

「すみません、ぜんぜん分かっていないんですが……それって、あの、トウモロコシですよね……？」

目の前に高く立っている植物たちは、紛《まご》う方なきトウモロコシなのだった。

医者は平然と言ってのけた。

「ご名答。まさしくこれは、トウモロコシです。しかし、普通のものと一緒にされては困ります。なんてったって、私が心血をそそいで生みだした、新種のトウモロコシなのですからね」

おもむろに、医者はその実のひとつ、豊かに茶ヒゲを垂らしたものをもぎとった。そして、一枚一枚、黄緑色の皮を剝がしはじめた。現れたものを見て、おれはあっと声をあげた。

「真白《まっしろ》じゃないですか！」

「当然です。この実の一粒一粒が、差し歯なのですから」

「なんですって？」

あまりのことに、おれは耳を疑った。たしかにトウモロコシの粒は、人間の歯の形に似てなくもない。が、医者の言うことはあまりに突飛《とっぴ》だった。

「このトウモロコシの実は、歯と同じエナメル質を主とした成分でできていましてね。これを一粒ペンチで抜いて、歯と歯のあいだにぎゅっとはめてやるだけで、差し歯になるんですよ」

「まさか、そんなことが……」

「私はこの植物に『歯』という字を当てて、『トウモロコ歯《し》』と名づけました」

楽しそうに話す医者とは反対に、おれは何も言えずにいた。

「普通の差し歯は、型をとったり、そこから歯を作ったり、歯を埋めるための土台を作ったりで、コストも時間もかかるものです。ですがこのトウモロコ歯の場合だと、ひとつの実で大量の差し歯が採取できるので、大幅な価格低下が実現するというわけです。しかも収穫したら、あとは粒を抜いて自分の手ではめるだけ。じつに簡易な方法です。この実を丸々冷凍庫で保管しておけば、粒の数だけ歯を替えられもします。こんなに経済的でラクな差し歯はほかにないこと請け合いですよ」

おれはようやく口を開いた。

「……トウモロコシを差し歯にするなんて、考えてもみませんでしたよ。でも、なんだかすぐに傷《いた》んでしまいそうですが……」

頭に浮かんできたことを、そのまま素直に口にした。

嬉々として、医者は答える。

「先ほど言ったように構成物は本物の歯とだいたい同じですから、とても丈夫なんですよ」

「モノを噛んでも、つぶれたり欠けたりはしないと……」

「もちろん、新しい差し歯でしたらそんなことはありません。ただし、もとが野菜ですから、虫が食う可能性はゼロではないですけれど」

「虫!?」

「しかし、その点はご安心を。口を開けっぱなしにして野外で寝たりしない限りは大丈夫です」

おれは虫に食われる光景を想像して、気分が悪くなった。

「まあ、仮に食べられてしまっても、新しいものにつけ替えればいいだけのことですので問題ではありませんよ」

そういうものなのだろうかと、少し考えこんでしまった。

「それじゃあ、虫にやられさえしなければ、ひと粒だけでずっと持つんでしょうか」

「残念ながら、今の段階ではそうはいきません。耐久時間の関係で、だいたい二週間に一度くらいの間隔で新しいものへの差し替えが必要です」

「そんなに短いサイクルなんですか。いちいち歯を差し替えるだなんて、なかなか面倒そうですね……」

「慣れると大した負担ではなくなりますよ。コンタクトレンズだって、使い捨てのものを使用している人は多いでしょう？　それに、細かいメンテナンスに時間をとられるほうが、かえって面倒だとは思いませんか」

「それはたしかに……」

その言葉には、説得力があった。

「ちなみに話は脱線しますが」

と、医者は屈託のない笑顔で言う。

「このトウモロコ歯の研究で、予期せず得られた成果もありましてね。実を若採りすれば、小さな粒を蓄えたベビーコーンが手に入るんですよ。これがなかなか需要のある代物でして。無論、差し歯としてです」

「そんなの誰が使うんですか……？」

「子供ですよ。乳歯《にゅうし》が抜けて、永久歯《えいきゅうし》が生えてくるまでのあいだに歯のない期間があるでしょう？　あのときに咀嚼《そしゃく》に不自由をしないように使うんです。どこから聞きつけてきたのか、すでに親御さんからの問い合わせが殺到している状況なんですよ」

なるほどなぁと感心した。

医者は言う。

「まあ、説明はこんなところでいいでしょう。どうしますか？　これを使うか、プラスチックの差し歯にするか。最終的に決めるのは患者さんご自身ですからね。べつに、どちらの方法でも私は構いません」

おれは大いに頭を悩ませた。

残念ながら、こんな妙なものを見せられてすぐに話に乗れるほど、自分の胆《きも》は据わっていないとは言いつつも、金額のことを考えれば、すぐにでも飛びつきたい代物だった。

少しのあいだ迷った末に、おれは腹をくくって医者に申し出た。

「決めました。トウモロコ歯で、お願いします」

「承知しました」

医者は満面の笑みをたたえて言った。

「では、さっそく処置に取りかかりましょう。と言っても、自分で差し歯をはめられるよう、やり方を少々レクチャーするだけですけれど」

診察室に戻ってくると、おれは手渡されたトウモロコ歯からペンチを使ってひと粒を抜いた。医者に指示をされながら、鏡に向かって前歯のすきまにぎゅぎゅっと粒を押しこんだ。

ぱっと見た限りでは、普通の歯と見分けがつかなかった。思いのほかうまくいって、おれはほっと安心した。

「これでもかじって、さっそく付け心地をたしかめてみてください」

医者は別のトウモロコシを渡してきた。

「こっちは普通のやわらかい茹でトウモロコシですから、ご安心を」

さっそく前歯でかじりついた。差し歯はぐらつくこともなく、違和感も皆無だった。おれは医者に尊敬の念すら覚えはじめていた。

「すごく、いい感じです。これならまったく問題なさそうですよ!」

こんなに安く素晴らしい処置を施してくれるなんてと、感動で医者に握手を求めていた。

感謝の言葉をひとしきり言ったあと、おれはトウモロコ歯を袋に入れて、失礼しようと立ちあがった。

そのときだった。医者が、あっと口を開いた。

「そうでした。すみません、ひとつお伝えしそびれていたことがありました」

「なんでしょう？」

おれは浮かせた腰を、椅子に戻した。

「トウモロコ歯には、まだ克服できていないことがひとつだけあるのです。それをお伝えするのを、すっかり忘れていましたよ」

「と言いますと……？」

「差し歯で高温のものをかじるのだけは、控えていただかなければならないんです」

首をかしげながらも、おれはジョークのつもりで口にした。

「こんなに素晴らしいものにでも、欠点はあるんですねぇ。差し歯に焦げ目がついてしまう、とかでしょうか」

笑いが返ってくることを期待していた。

しかし医者は、いたってまじめな顔で首をふった。

「いいえ、そんな生易しいものではありません。もっと芳《かんば》しくない状態に陥ってしまうことがあるんですよ」

「いったい何が……？」

不安をあおられ、おれは尋ねる。

残念ながら、と、医者はさらりとこう告げた。

「加熱されると差し歯はポンと破裂して、ポップコーンになるのです」

捜索料理

「お捜しのものは、なんでございましょう」

座席に腰掛けひと息つくと、えびす顔の店主がそう言った。

料理屋で、いきなりそんなことを聞かれたものだから、私はうろたえ隣の友人に視線をやった。

「ははは、そんな反応をしなくても」

私とは対照的な様子で、友人はゆったりくつろぎながらビールに口をつけた。

「経緯を全部、ご主人に話してみるといいよ。それでたぶん、おまえの悩みは解決するだろうから」

友人は、こともなげに口にした。

「解決だって？」

私は大きく首をひねった。

そもそもは、久しぶりに会った友人に、なんとなく悩みを相談してみたことがはじまりだった。私の話を聞くなり彼はどこかに電話をかけて、いいところがあるからとだけ私に告げた。そして、それ以上は説明してくれないまま日時だけを言い渡されて、何も知らずに連れてこられたのがこの店だったのだ。

「とにかく自然と解決するんだよ。ねぇ、ご主人」

友人の言葉に、店主はうなずきを返した。

「ええ。ただ、絶対に、とまでは言い切れませんけれど」

「またご謙遜を」

と、二人のあいだで親しげなやり取りがしばらくつづいた。その会話から何とか話の流れをつかもうとしたけれど、私はひとり取り残されて、ますます戸惑うばかりだった。

「……おれの悩みが解決するって、まさか、うまいものでも食べて気分転換でもしろってことじゃないだろう？」

苦し紛れに、私は聞いた。

「ははは、ちがう、ちがう。ちゃんと根本的な解決に協力してくれるんだ、この店のご主人が」

話のつながりが見えて来ず、私はすぐに音《ね》をあげた。

「だめだ、ぜんぜん意味が分からない。回りくどいことを言わずに教えてくれよ。行方不明になったうちのネコの捜索と、このお店とが、どう関係してるっていうんだよ」

「深ぁく関係してるんだなぁ、これが。ねぇ、ご主人」

「ええ、そうですね」

「だから、教えてくれって」

眉をひそめた私を見て、友人は言った。

「ははは、悪い悪い。じらすのもこれくらいでやめとくから、そう怒るなって。種明かしをするとだな、ここは一風変わった料理屋なんだよ。この店の料理が、おまえの悩みを解決するのに役に立つというわけさ。ここは、ソウサク料理を出してくれる店でね」

「創作料理？　オリジナルの料理を出してくれる店ってことか？」

私が言うと、友人は首を横に振った。

「そう思うよなぁ、普通なら。でも、それは創るという字の創作料理で、それならそんなに珍しくもないだろ？　おれの言ってるソウサクというのは、捜すほうの捜索という字を書くんだよ」

「なんだって？」

私は虚を突かれる思いだった。

「ここは、食べれば捜しものが見つかるという世にも珍しい特別メニュー、捜索料理を出す店なんだ」

ちんぷんかんぷん、とはこのことだった。私は友人の言うことが一ミリも理解できずに黙りこんだ。

「まあ、いきなり言われても何のことやら、というところだろうけど」

友人は私の心を読みとったのか、聞くより早くそう言った。

「でも、本当のことなんだ。ここの料理を食べさえすれば、いなくなったそのネコも見つかること請け合いだ」

「まさか……」

私はまだ理解ができず、店主のほうへと目をやった。店主は変わらず、にここにしているばかりだった。

友人が、また口を開く。

「ずいぶん顔が曇ってるな。理由はあとで説明しようと思ってたんだけど、その様子だともやもやして、料理の味も楽しめなさそうだなぁ。まあ、それじゃあ食事の前にぜんぶ話してしまおうか。少し長くなってしまうけど、聞いてくれるかな？」

私は助けを求める気持ちで大きく首を縦に振った。

「よろしく頼むよ……」

「ご主人、おれが説明してしまってもいいかな？」

うなずく店主を確認して、友人は言った。

「繰り返しになるけどね、この店は、食べると捜しものが見つかる料理を出す店なんだ。厳密に言えば、それが見つかる可能性を高くしてくれる、ということだけど」

「料理で捜しものが見つかるって……そんなの信じられるわけがないじゃないか」

「それがありえるんだから、おもしろい。ご主人が作ってくれる料理には、そういう運気を高める効能があるんだよ」

「運気……？」

「捜しものが見つかりやすくなる運気のことさ。昔から、料理は運気と密に関係してきたというのは、納得してもらえることだと思う。ほら、勝負ごとの前にカツ丼を食べたりするものだろ？　ほかにも正月のおせち料理なんかは、その最たる例だ」

私の頭に、重箱のイメージが思い浮かんだ。

「たとえば、黒豆。あれは、健康長寿を祈願するために食べるものだ。数の子は子宝に恵まれることを祈って食べるし、田作りは五穀豊穣《ごこくほうじょう》を願うために口にする。これは何も、その食べ物の特徴にあやかって、祈るためだけに食べられてきたわけじゃない。きちんとした効果があるからこそ、慣習として長く残ってきたことなんだよ。

そもそも料理というのは、いろんな運気を高める可能性を秘めたものなんだ。昔の人はそれを肌で感じることができたから、特別な料理を節目ごとに食べてきたというわけだけど、ここのご主人はきちんとそれを体系化して、料理の持つ様々な運気を効率的に引きだす研究を行ってきた。そして、いろんな運気を高めてくれる新しい料理を次々に生みだしてきたんだよ。ひとつには、交渉ごとがうまくいきやすくなる料理。ほかにも、試験なんかに合格しやすくなる料理、風邪を引きづらくなる料理なんかをね。

信じられないだろうけど、実際に、そういう料理を出す店も存在してるんだ。ご主人の弟子の人たちが、暖簾《のれん》分けで全国各地に店を構えていてね。そんな中、ここのご主人は捜すということに特化して、その運気を高めるための料理を専門に出す店を構えることにした。捜しもので困る人は、とても多いからね。そしてその精度を一〇〇％にするために、日夜、究極の捜索料理を目指して精進されてるというわけさ」

「どんなのが、その捜索料理というものなんだ……？」

「まず、料理に使う食材が、すべての基礎になってくる。穴のあいてるレンコンは物事の見通しがよくなると言われる食材だけど、その謂《いわ》れのとおり、捜しものを見つけやすくする力を持っているから捜索料理にはマストの食材でね。オードヴルからデザートまでの、いずれかの料理で必ず使われるんだ。ほかにも捜索に必要な運気を高めてくれる食材はいくつもあって、その組み合わせで捜索料理が作られるんだよ。

でも、言うは易しというやつさ。実際は、その人が何を捜しているかによって、作る料理は変わってくる。見つかる可能性を少しでも高めるためには、客の事情に応じたアレンジを加えて一番ふさわしい料理を提供する必要があるんだよ。だから、この店には同じコース料理は二つとして存在しないし、一度に一組しか入れない完全予約制なのもそのためさ。一人一人と向き合って、その人の捜しもののことをできる限り詳しく聞く。そうして事情に合わせて料理を即興で創作するんだよ。

おれは常連だから今日は特別に店を開けてもらえたけど、通常ルートだと向こう数カ月は予約でいっぱいになっててね。この店には、メガネを失くした老人から、警察関係者なんかまで、いろんな人が出入りをしている」

「警察まで……」

私は唸《うな》るようにつぶやいた。

「下手な捜査より、よほど犯人が見つかる可能性が高いからなぁ。警察のメンツに関わるから公《おおやけ》にはされてないけど、ご主人は迷宮入りと思われた難事件もたくさん解決してきたみたいだよ」

私は、ふと考えた。

「でも、何でも捜せるということは、逆手《さかて》に取られると厄介だよなぁ……。客がウソをついてたら、逆にストーカーとかに加担することにもなりかねないだろう？」

「そのとおり。だからこそ、ご主人は客の事情聴取を入念にやっているんだ。でも、長年こういう仕事をしてると、会って話すとだいたい悪意の有無《うむ》は分かるらしい。事件性を帯びたようなやからには、当然、料理は出さずにやんわり断り帰ってもらうのがこの店のやり方だ。

それから、この捜索料理には人と人を引き合わせる力はあっても、そこから先に影響を及ぼすことはできなくてね。依頼主と、失踪した家族とを引き合わせることはできたとしても、再会してからの仲を取り持つことはできないんだ。捜索料理は、あくまで捜しだすまでの運気を高めるためのものなんだな」

「そういうことだったのか……」

私はようやく友人の意図の全容を知って、頭の中がクリアになった。はじめの店主の不可解な発言にも、やっと納得できた。

「ご主人、蘊蓄《うんちく》はこんなところでいかがでしょう？」

友人はおどけるような調子で言った。

「いやぁ、さすがは常連さんだけありますねぇ、私の役割をほとんど奪われてしまいましたよ」

店主は笑ってそれに応じた。

「それじゃあ、趣旨も理解してもらえたことのようだし」

友人は私を一瞥《いちべつ》して、つづけて言った。

「ご主人、こいつに料理をふるまってやってくださいよ」

かしこまりました、と店主はぺこりと頭を下げた。

「では、改めまして。お客様がお捜しのものは、なんでございましょう」

今度は、私もためらうことなく答えられた。

「ネコなんです」

私は身を乗りだすようにそう言った。

「名前はキャロと言いまして……」

懐《ふところ》から愛猫《あいびょう》の写っている写真を取りだして、店主に渡す。

「もう一カ月近くも家に帰ってきていないんです……」

「なるほど、そういうことでしたか。それではたとえば、キャロちゃんの好きなものですとか、癖ですとか、何でも構いませんので詳しくお話を聞かせていただけますか？」

店主の眼が、鋭く光った。

促され、私は一通りの事情を説明した。その一言一言に店主は熱心に耳を傾け、うなずきながら話を聞いてくれた。

私の言葉が途切れると、店主はにっこり微笑んだ。

「ありがとうございます。ずいぶん詳しくお話しいただけましたので、私もやりやすくなりました。お客様のお捜しのものが、なんとか見つかりますように」

そして厨房《ちゅうぼう》に立ち、料理に取りかかった。

しばらくすると、すっと一皿が差しだされた。

「ヤマイモのサラダです。粘り気の強いヤマイモには、捜索の上で鍵となる重要人物とつながるための、出会いの運気を高める力があるのです。もちろん、ほかの野菜もそれぞれ関連する運気を高めるために役立つものを入れています。そこに、キャロちゃんの好きなツナをのせました。どうぞ、お召し上がりください」

適当なつまみで好きにやっている友人を横に、私はさっそくいただいた。

目的を優先している料理だから、薬膳《やくぜん》料理みたいな味かと少し不安を感じていた。が、料理を口に運んだ私は、すぐに声をあげていた。

「うまいっ！」

文句なしの、すばらしい味だった。

「ははは、そりゃそうさ。ご主人の腕は超一流なんだから」

友人は得意気にそう言った。

出されたサラダをぺろりと平らげると、今度はスープのようなものが前に置かれた。

「レンコンのポタージュです。キャロちゃんの好きなチーズを合わせてみました」

もちろん味は、言うまでもない。

店主は、絶妙のタイミングで次々と料理を出してくれた。

「これは何ですか？」

「イワシのポワレです。添えられているのがワサビですね。ワサビも捜索料理に欠かせない食材です」

「ワサビがですか？」

「食べると、鼻がきくようになるのです」

なるほどなぁと感心した。

次に出てきたのは、肉料理だった。

「キャロちゃんの好きなササミを使った、ヨーロッパの家庭料理でございます」

「へぇぇ。ソースもうちのネコと同じ、縞模様になっているんですねぇ。これにも運気を高める食材が？」

「ええ、レモンがそれに当たります。目を引く鮮やかなレモン色は、捜しものが視界に入るための運気を高めてくれるのです。おや、お早い。もう召し上がってしまったんですね」

「すみません、早食いはマナー違反でしょうけれど、あまりにおいしかったので……」

「光栄ですよ。それでは最後に、デザートにまいりましょうか」

出てきたものを前にして、店主に向かって尋ねてみる。

「これは何のアイスですか……?」

「アスパラです」

「アスパラ?」

「アンテナの形に似たアスパラには、情報収集に関する運気を高める力があるのです。それからアイスの上にのっているシリアルは、キャロちゃんがよく口にする、ネコ草にもなる麦の一種で作られたものですね」

最後の一口まで、じっくりとその味を堪能した。即興とは思えない考え尽くされた料理の数々に、私は心底、舌を巻いた。

と、消化促進になるという食後のカモミールティーを飲んでいるときだった。

突然、携帯電話が鳴りだしたから何だろうかと首をかしげた。見ると知らない番号で、失礼をして電話に出た。

「なんですって!　ほんとうですか!?」

相手の言葉を耳にするなり、私は場所も忘れて思わず大声をあげてしまっていた。

電話を切ると、店主と友人にすぐさま報告した。

「びっくりです！　キャロが見つかりました！　偶然見つけた人が、張り紙を見て電話をかけてきてくれたんですよ！」

　私は興奮を隠しきれなかった。

「もう効き目がでたのですねぇ。願いが届いて、よかったです」

「な、だから言っただろ？」

　友人も店主も、さも当然のような顔をして微笑んだ。

「まさかですよ、何と御礼を言ったらいいか……本当にありがとうございました。てっきり、これから自分自身で捜しに行くものだとばかり思っていましたから、余計に驚きました」

「もちろんそういう場合もございますが、今回のようにほかの方が見つけてくれることもよくあります。それも含めて、運気が高まるということなのです」

　友人も深くうなずいた。

　高揚が少しずつ落ち着いてきたころ、気が緩んだことも手伝って、私は店主に少し不《ぶ》躾《しつけ》な質問をぶつけてみた。

「ところで、ご主人はご自身のために捜索料理を作ったりはしないんですか？」

悪用などしてないことは明らかだったけど、いろいろと使いようはありそうだったから興味がわいたのだった。

「自分のことに使うのはあまりよろしい心がけではございませんので、基本的には作ることはありません。ですが……」

店主は苦笑を浮かべながらつづけた。

「……じつは、若い時分に作ったことがございまして」

立ち入ったことだとは思ったけれど、私は衝動的に聞いていた。

「失礼ですが、そのときは何をお捜しで？」

「店を構えてすぐのころです。なかなか人が入らず困った末に、興味を持ってくれそうな昔の知人たちの行方を捜すために作ったことがあるのです。

料理のおかげで知人たちとはすぐに連絡がとれましたが、彼らがうちの料理を気に入ってくれるかどうかは未知でしたから、少し怖くもありました。しかし幸いにも口に合ったようで、そこから人づてで店の存在が知られていって今に至るというわけです」

苦労もあったことだろうけど、それには触れずにさらりと話す人柄も、店を支える要因なのだろうなと私は思った。

と、友人が横から茶化すような口調で言った。

「ご主人、自分のために料理を作ったのは、そのときだけじゃないでしょう？」

何かを知っている風な友人に、私は店主に尋ねてみた。

「ほかにも作ったことがあるんですか？」

「あ、いや、それがですね……」

急にしどろもどろになった店主に、首をひねる。

「べつに隠さなくてもいいじゃないですか」

友人に促されて諦めたのか、店主は白状するように口を開いた。

「言われたとおり、じつはほかにもありまして……。中学校のときに転校していった、初恋の人の行方を捜したことがあるのです」

「なんですって？」

「いえ、ちがうんです！　決してやましい気持ちではありませんでしたよ！　元気でいるかだけでも知りたいという思いと、自分の腕を試してみたいという思いがあいまって、若気の至りで、つい……」

弁解するように店主は言った。

「それだけですか？　おかしいなぁ。ほかにも自分のために作った捜索料理のお話を、ぼくは聞いた覚えがあるんですがねぇ」

からかう友人に、店主はますます焦ったような顔になる。

「このあたりで勘弁してくださいよぉ……」

「いやいや、もっと聞かせていただきたいなぁ。ほら、ケンカして家出してしまった恋人を捜すのに料理を作った話とか。その恋人が失くしたリングを捜しだした話とか。なぁ、おまえも聞いてみたくないか？」

友人は、にやりと笑った。

「奥さんをものにするまでにご主人が作った、捜索料理のフルコースのことを」

男をつかむ

「いいダンナをつかまえて、うらやましい限りだわ」

ランチをほおばりながら、あたしは言った。

「ほんと、マミはいいヒトを見つけたものよねぇ」

それを聞いて、マミは大きく首を振る。

「何言ってるの。ミエカだって、すごくモテるじゃない。ずっと、うらやましかったんだから」

「あたしなんて、全然よ」

グチっぽい口調になって、あたしはこぼす。

「そりゃ少しは色恋沙汰もあるわよ。でも、寄ってくるのは薄っぺらなやつばっか。たまにいいのがつかまっても、すぐに逃げられちゃうし。マミみたいに、いいヒトにめぐりあいたいものよ。いったいどうしたらいいのか、最近じゃ恋愛ってもの自体がよく分からなくなってきちゃってるわ」

「ミエカみたいな子を逃がすなんて、バカな男よねぇ」

マミは呆れたように大げさに肩をすくめて、つづけて言った。

「でも、ミエカって、そんなに結婚願望が強かったのね。てっきり、独り身が好きなんだって思ってた」

「ちょっと前までは、そうだったんだけどね。あたしの中で、近ごろ急にそういう気持ちが高まってきてるの。マミの結婚がきっかけになったのかも。あーあたしも早く結婚したい！　いい男をつかまえたい！」

「そこまで思いつめてるなら、紹介してあげよっか？」

「誰かいいヒトでもいるっていうの？」

期待に胸をふくらませ、あたしは言った。マミのダンナの友達あたりにいいのが余ってるのかしら。

でも、マミは首を横に振った。

「ちがうのよ。紹介したいのは、ヒトじゃなくって」

「もしかして、結婚相談所みたいなところ？　それだったらカンベンよ。前に一回行ってみたけど、ロクな男を紹介されなかったんだから」

マミは、またまた首を振る。

「そうじゃないの。あたしが紹介したいのは、お店なの。すごくいいところを、友達に教えてもらったのよ」

「お店……？」

「そう、行くと必ず結婚できる、秘密のお店」

「ちょっとマミ、冗談はやめてよね。そんなところがあるわけないじゃない」

「それがあるのよ、実際に。じつは、あたしのダンナも、そこでつかまえたっていうわけよ」

「ほんとなの？」

「もちろんよ」

マミは自信満々といった様子で胸をはった。

「いったいどんなお店なの？」

「それは行ってみてからのお楽しみ。興味があるなら、連れていってあげるけど。ちょうど歩いて行ける距離にあることだしね」

「行く行く、行くに決まってるじゃない。ていうか、なんでもっと早く教えてくれなかったのよ」

あたしは高揚気味に身をのりだした。

「ごめんごめん。しばらく自分のことで精一杯だったのよ。でもまあ、それじゃあ決まりね。秘密の花園に、ご招待してあげましょう」

お会計をすませると、あたしはマミのうしろについて見知らぬ道を歩いていった。

「ちょっと、こんなところを通るつもり？」

「いいから、いいから」

いくつもの薄汚れた路地を抜けていくうちに、あたしは自分がどこを歩いているのかすっかり分からなくなってしまった。そんなあたしとは対照的に、マミは迷わず歩いていく。

袋小路の脇から伸びた私有地らしい細い道を入っていくと、一軒の古い民家が現れた。

「ついたわよ」

「ここが、そのお店なの？」

一見すると、ふつうの家にしか見えなかった。

勝手に玄関扉を開けて入ったマミにつづいて、あたしも中へと入っていった。

「うわっ、何これ！」

いきなり目に飛びこんできた光景に、あたしは思わず叫んでいた。民家に見えたのは外側だけで、中は仕切りのない倉庫みたいになっていた。そしてそこに広がっていた光景が、とても異様なものだった。

「ちょっとマミ、何なのよ、これ……？」

「驚いた？　このお店はね、とっても変わったものを売っているのよ。まあ、それは見ての通りというところかしら」

そう言うと、あたしの質問には答えずに、マミは店の奥に向かって大声で呼びかけた。

しばらくすると、腰の曲がった老婆が奥から出てきた。

「おやおや、あんたはこないだの」

妖《あや》しげな笑みを浮かべながら、老婆がマミに声をかける。

「結婚生活はうまくいっておるかいねぇ」

「おかげさまで」

マミはおどけた調子で言う。

「じつは、今日は友達を連れてきたんです。このお店を、ぜひ紹介したくって。ミエカ、このヒトがこのお店の店主さんよ」

「はじめまして……」

老婆は品定めをするように、あたしのことをじっと眺めた。

あたしがびくびくしていると、

「よぉ来たねぇ」

と、一言だけ口にした。

「ミエカ、よかったわね。店主さんは受け入れてくれたのよ。あなたは、このお店にふさわしいお客さんだって」

マミは店主に向かって言った。

「店主さん、それじゃあ、お品を見させてもらってもいいかしら」

「好きにおし」

老婆は笑みを浮かべると、ゆっくり隅の椅子に腰かけた。

言葉を失っていたあたしは、ようやくマミに話しかけた。

「ねぇ、いったいどういうことなの？　この天井から吊り下がってる気持ちの悪いものは、何なのよ」

あたしは助けを求めるようにマミの腕をとった。

目の前には、ピンク色をした手のひらサイズの袋のようなものが糸で縛られ、大量に吊るされていたのだった。それぞれには、値札のシールが貼ってある。商品らしいということは分かったけど、それが何なのかは見当もつかなかった。

「何だと思う?」

マミは、にやりとして言った。

「分からないから、聞いてるんじゃない」

「これはね、ぜんぶ、胃袋よ」

「なんですって!?」

あまりに唐突な言葉に、あたしは耳を疑った。

「……胃袋って、人間の?」

「ええそうよ。ここはね、胃袋を売ってるお店なの」

愕然《がくぜん》として、あたしは言葉を失った。たしかに、言われてみると、それは理科の模型で見たことのある胃袋にそっくりな形だった。でも、そんなものが売られているなんて信じがたい話だった。

マミは、平然と言う。

「このお店には、いろんな男のヒトの胃袋が置いてあるのよ」

「胃袋って……ちょっと、ねぇ、ウソでしょ？」

「信じられないでしょうけど、ほんとのことよ。とっても変わったものを売ってるお店だって、言ったでしょ？」

なんだか楽しげなマミに、あたしはどう反応すればよいのか分からなかった。

「……こんなものを買って、いったい何になるっていうのよ」

かろうじて、そう口にするので精一杯だった。

「ここの胃袋を買ってつかめば、どんな男でも自分のものになっちゃうの」

「どういうこと……？」

「ほら、よく『男の胃袋をつかめ』とか言うじゃない。男が好みの料理を作れば、そのヒトの心までもつかんでしまえるという意味の、あの言葉。でも、ここの胃袋を買えば、男の心は料理でじゃなくて、文字通り、手でつかめてしまえるの。手で胃袋をつかんでしまえば、その男はずっと自分のものになるというわけよ」

突飛な話に、あたしの頭はクラクラしてきた。

「ここに置かれてあるものは、ぜんぶがぜんぶ、現実世界の誰かの胃袋の精巧な写しらしいのよ。値札の価格をよく見てよ。高いのと、安いのがあるでしょう？　胃袋の価格が、ほとんどそのまま男の質を表わしてるの。良い男の胃袋をつかむには、それなりの対価が必要ということね」

呆然とするあたしに構わず、マミはつづける。

「もっとも、胃袋の価格はいつも同じというわけじゃなくて、タイミングによって価格は変動するものらしいんだけどね。ほら、あそこにきゅっと縮こまってる胃袋があるでしょう？　あの胃袋の持ち主は、ストレスが溜まってるから、その分、安く売られているのよ。それから、何かを抱えているヒトの胃袋は、とっても重たくなるの。その場合も、価格が安くなることが多くって。そういう胃袋は、あたしたちとしても、できれば避けたい訳あり物件ね。安いものにはそれなりに、ちゃんと理由があるってこと。

ただし、価格のことは一概に言えないのがムズカシイところなの。本当は質のいい男なのに、一時的に体調を崩して安くなってるだけかもしれないから、そういうのは、逆に言えば狙い目なのよ。でもまあ、だいたいの場合は安い胃袋の持ち主は、単に安い男なだけのことが多いみたいだけど」

マミは肩をすくめて笑った。

「……ここには、世の中のすべての男の胃袋があるの？」

あたしは興味本位で聞いてみた。話を聞くうちに、気持ち悪さや恐ろしさよりも、好奇心がだんだん強くなってきていた。

「さあ、どうかしら。前に店主さんに聞いたときは教えてくれなかったわ。でも、少なくとも、すでに別の女につかまれてしまってる胃袋は、ここにはないようね。だから、略奪愛を狙うなら、その男の胃袋を持ってる女をさがしだして奪ってしまうか、女がそれを売りに出すのを待つしかないというところね」

「ふぅん、中古の胃袋も取り扱ってるのねぇ。ところで、こっちのものは何なの？」

あたしは、そばのワゴンを指差した。吊るされているものとは別に、大小さまざまな胃袋たちが無造作に入れられていたのだった。

「胃袋のつかみどりよ。一握りでつかんだ分だけ、胃袋をもらえるの。たくさんの男を同時にものにしたいっていう魔性《ましょう》の女が喜びそうな売り方ね。ほかにも、子供の胃袋をつかみたい給食のおばさんとかも好きそうだけど。

あ、そうそう。ここにやってくるのは、何も女性客だけじゃないのよ。ときどき男の客もやってくるとか」

「どうしてよ。だってここには、男の胃袋しか置いてないんでしょう?」

「外交官みたいに交渉ごとを仕事にしてるヒトが、相手の胃袋をつかみにくるんだって」

「へぇ、おもしろいわねぇ……」

あたしはすっかり、不思議な話に夢中になっていた。

「ね、いいお店があるって言葉、ウソじゃなかったでしょ?」

マミはあたしに向かってウインクした。

あたしは即座にうなずいた。マミがいいダンナをつかまえたのも、こういう仕掛けだったのかと納得した。

マミは笑みを浮かべて口を開いた。

「それで、肝心なのはミエカの話よ。このお店をうまく使えば、素敵なヒトとゴールインできるんだから。ミエカはいま、好きなヒトっているの? もしいれば、そのヒトの胃袋を指定して、すぐにつかんでしまいましょう」

うーんと、あたしは考えた。

「いまは特にいないわねぇ。周りにいるのはほんと、しょうもないのばっかだし」

「じゃあ、店主さんにミエカの好みのタイプを伝えればいいわ。条件に合ったヒトの胃袋を、適当に見繕ってくれるから」

「そうねぇ、結婚できるなら、別に誰でもいいんだけど……」

「欲がないわね」

「でも、強いて言うなら、顔が良くて、背が高くて、優しくて、あたしのことを束縛しないヒトかしら」

「あら、奇遇。あたしと似たタイプが好きなのね」

そう言って、マミは隅に座る老婆に向かってあたしの言葉をそのまま伝えた。

老婆はうんうんとうなずくと、おもむろに立ち上がった。

「ほほほ、いまの若いもんは、だいたい同じようなことを言うもんで。まあ、あたしの若いころなんかも、似たようなもんじゃったがな」

老婆はイヒヒと笑うと曲がった腰をぐいと伸ばし、天井に吊るされた胃袋を丁寧に外しはじめた。

しばらくして差しだされた鈍い銀のトレイには、てらてら光るピンクの胃袋がずらりと並んだ。

「こんなとこで、どうかいね」

「ミエカ、あとはこの中から好きなものを選べばいいだけよ」

あたしは老婆にお礼を言うと、胸を弾ませ胃袋の選定作業に取りかかった。

「それにしても、どれもいいお値段ねぇ」

そうつぶやくと、マミが応えた。

「いいものは高くつくのが当たり前。投資と思って割り切ることが大切よ」

「そうよね。でも、たくさんあって迷うわねぇ」

「分かるわ、その気持ち。あたしもずいぶん迷ったもの」

「マミはどうやって選んだの？」

「ひとつひとつ手に取って、比べてみたりしたわねぇ」

「さわってもいいの？」

「ミエカに抵抗感さえなければね」

あたしは胃袋を持ちあげて、いろんな角度からじっくり眺めた。

比べていると、とあることに気がついた。

「ねぇマミ、この胃袋だけが、とっても重たいんだけど」

そう言えば、と、さっきの言葉を思い出す。

「これがさっき言ってた、何かを抱えて重くなってるヒトの胃袋ってことかしら。でも、その割には、けっこう値が張るみたいだけど……」

するとマミは、笑みを浮かべた。

「気がついた？　あたしだったら、迷わずその胃袋をつかむわね。一番のオススメ品よ」

「どういうこと？　なんでわざわざ、そんな男を選ぶのよ」

「同じ重たい胃袋でも、値段の高い胃袋だけはちょっと事情がちがっているの。ゆすってみると分かると思うわ」

あたしは言われた通りにそうしてみる。

「中に何かが入ってる。液体みたいに、たぷたぷしてるわ」

「それはね、胃袋の持ち主がお金持ちだっていう証拠なの。だからよ、値が張ってるのは。ちなみに、あたしのダンナの胃袋もそのタイプね」

「なんで、このヒトがお金持ちだって分かるのよ」

あたしが首をかしげると、マミは言った。

「その液体は胃酸なの。だからそれは、胃酸ならぬ、遺産をたくさん持ってるヒトの胃袋なのよ」

キャベツ

「時間になりましたが、来てくれたのはあなたのところだけでしたか」

専門書が乱雑に積まれた部屋。その奥に座る男が言った。

「まあ、いいでしょう。秘密裏に進めてきたプロジェクトですし、書面で見ただけではさぞばかげた主張に見えることでしょうからねぇ」

私は返事に困り、愛想笑いを返した。並んだパイプ椅子に座るのは自分一人。思わぬ形で独占取材になったということだ。

「では、はじめましょうか」

その言葉にさっそく私は切りだした。

「ズバリお聞きしてもよろしいでしょうか」

メモを構えてこう言った。

「教授がマスコミに流されたあの情報は、いったいどこまでが真実なのでしょうか」

プレスリリースに記されていたのは、男が造りあげたという、あるものについての記述だった。しかし、書かれていたのは表層的な情報のみ。ほかのことは、意図的に隠されているといった風だった。そして公表されたそれというのが正気を疑うほどの常軌を逸したものだったから、ほかのマスコミが相手にしなかったのもうなずける話だ。

「もちろん、すべてが真実です」

足を組み、落ち着いた様子で男は答えた。「あれには嘘も誇張も一切含まれてはいませんよ」

「しかし教授」私は身を乗りだし尋ねる。「これは常識では到底考えられないことですよ。いくら技術が進歩したと言ってもです」

「まあ、常識にとらわれるのが昔からの人間の特技ですから、あなたがそう思うのも無理はありません。しかし、その常識というのを壊して差しあげるのが我々の仕事でしてね」

嫌味や皮肉には、職業柄なれっこだ。私は構わずつづけた。

「なるほど。それでは、現実に教授はやってしまわれたと」

「そういうことです」

「それで、その実物はどこにあるんですか」

「いまは厳重な管理体制のもと、別棟で実験が行われている最中でしてね。せっかく来てはいただきましたが、今日は説明のみです。ですがその分、あなたのご質問にはできる限り答えるようにいたしましょう」

男は余裕の態度で足を組みかえた。

私は手元のメモを一瞥《いちべつ》する。実物を見られないのは残念だったが、聞きたいことは山ほどあった。

「それでは初めに、そもそもの話からお聞かせ願いたいのですが……」

「どうぞ」

「教授がこの研究に着手されたきっかけというのは、いったい何だったのでしょうか」

「簡単なことです。キャベツに興味を持ったからですよ」

そう、問題はそのキャベツなのだ。

私は戸惑いながらも質問をつづけた。

「しかし、教授のご専門は脳の研究じゃありませんか。そんな方が、いったいなぜキャベツなんかに興味を持つに至ったんでしょう」

「おっしゃるように、もともとの私の専門は様々な生物の脳機能を明らかにするというものですが、キャベツだって生物なんですから、その一環でのことですよ」

「それなんです。たしかにキャベツも、生き物と言えばそう呼ぶこともできるでしょう。ですが、普通の植物には脳なんてないのですから、脳研究の一環というのは解《げ》せません。それに、数ある植物の中でキャベツに着目されることになった理由もはっきりしない。はじめから結果を想定されてのことだったんですか」

「その点は、偶然とも言えるものでしたね。あるとき畑のキャベツを見て、ひらめくものがあったんですよ。これは研究する価値がありそうだぞとね。ただし、それまでにもどこかで脳とキャベツ、この二つの形状の類似性を感じているところは自分の中にあったように思います。それがそのとき、顕在化したのでしょうね」

たしかにキャベツは外見も中身も、なんとなく脳を彷彿《ほうふつ》とさせるものがある。が、まさかそれを真に受けて、本当にキャベツを脳に見立てて研究をはじめてしまう専門家がいようとは……。

男は言った。

「着想してから実行までは、すぐでしたよ。私はキャベツで実験を行うべく、測定機器を持って畑に足を運びました。キャベツが備えているかもしれない未知なる力を求めて」

「その機器というのは?」

「脳機能を測定する光トポグラフィーという装置に手を加えて、自作したものです。これがその一部ですね」

男は机の中から何かを取りだし渡してくれた。それはニット帽にボルトがたくさんついたような代物で、頭にかぶせるもののようだった。

「通常の脳の研究ならば、それを対象生物の頭にかぶせて脳内の血流を見てやることで、活動領域を評価していくわけです。が、キャベツの場合は少し機器の仕様を変えています。血流ではなく、葉脈を流れる養分の動きを見られるように改造しているんですよ。原理はじつにシンプルです。表面にたくさんついているプローブという装置から特殊な波長の光を出して、その反射光を回収します。そしてそれを画像的に処理することでキャベツの中での養分の流れ、つまりキャベツの活動領域を可視化することができるというわけです」

話がだんだん専門的になってきたぞと身構えた。

「この実験が、非常に興味深い結果へとつながることになりました」

男は興奮気味に語る。

「キャベツ全体が、まるで生物の脳のように振舞っていることが明らかになったんですよ。換言するならば、我々が話しかける声に合わせてキャベツはその葉の片側で——文字通りの前頭葉とでも呼ぶべき領域を中心にして、活動を行っていたんです。私の読みは大当たりでした。そしてその瞬間に私は確信しました。キャベツはただ反射的に反応を返しているわけではない。そこには意思のようなものが介在していて、何らかの意味ある信号が発信されているに違いないと。

今度はその直感を証明すべく、私はキャベツを土ごと掘り返して研究室に持ち帰り、極秘プロジェクトを立ちあげてさらなる研究に乗りだしたんです」

「その研究というのは？」

「最初に行ったのが、キャベツの脳機能に関するマッピング作業でした」

「マッピング……」

「要は、キャベツの中のどの領域が、どんな機能を担っているのかを特定する地図づくりですよ。逆に言えば、キャベツがどんな脳機能を保有しているかを探る作業でもあります」

「……すみません、もう少し分かりやすくお願いします」

「ひとつ例を挙げますと、測定機器をキャベツにつけた状態で光を投射してやると、ある波長を当てたときにキャベツの中の特定領域が活動を行っているということが分かりました。これはすなわち、キャベツはある種の光を感知する能力、視覚野を持っているということを意味しています」

「キャベツには目があるとでも……？」

「厳密ではありませんが、分かりやすく言えばそういうことです」

想像を絶する話だった。

「もちろんそれだけではありませんよ。キャベツに音を聞かせると、これまた反応を示すことが明らかになった。聴覚野ですね。ほかにも嗅覚野、それから体性感覚野に相当するものの存在も明らかになりました」

「ちょっと待ってくださいよ、それじゃあまるで人間の脳と同じじゃないですか！」

私は思わず叫び声をあげてしまった。

「そういうことになりますね」

男は冷静に答える。「今までは単に我々が知らなかっただけで、キャベツはそれ自体が人間の脳とほとんど同じ機能をもった、高度な知的生命体だったんですよ」

「信じられない……」

「新発見というものは、どんなものでも最初は疑われるものですからね。そう思うのも無理はないでしょう」

あまりのことに、メモをとるのも忘れていた。

さて、と男はつづける。

「ここまでのことは、それほど大変な作業ではありませんでした。我々の研究の真髄は、ここからです」

突飛な話の連続で、もはや考える気力も失せていた。私は半ば放心状態で、男の話をただただ一方的に聞くのみだった。

「キャベツが脳機能を持っているなら、当然ながら人間の神経細胞に相当する細胞があるはずだと我々は考えました。調べると、簡単に見つかりました。それは束になって根元の付近に集まっていましたよ。そして我々は、そのキャベツの神経を人工神経で延長して外部に取りだすという、前代未聞の手術を敢行することにしたんです」

身振り手振りをまじえながら男は熱く語りつづける。

「正直、これには相当てこずりましたよ。まず、当然ながら手術は生きた個体で行わなければ意味がありませんからね。根から切り離してもキャベツが生きていられるよう、師管と導管を人工血管で延長して人工心臓とつないでやって、水と養分の安定供給システムを整備する必要がありました。このプロセスの確立までに、多くのキャベツを犠牲にしてしまいました。

その上での、神経延長手術です。我々は試行錯誤の末にこれを成し遂げ、伸ばした神経を外部の人工器官へとつなぐことに成功しました。キャベツは簡易的な目や鼻、耳や口などを獲得するに至ったわけですよ。

と、それと同時に驚くべき発見がありましてね。実験的に取りつけていた腕や足を外から動かし、キャベツの反応を探っていたときのことでした。なんと、それまで活動が見られなかった領域に、わずかながら反応が現れはじめたんですよ。これが何を意味するか、お分かりですか。キャベツは潜在的に身体を動かす機能、運動野までをも備えていて、外からの刺激でその能力が開花したということです。そこからキャベツは、驚異的な速度で身体能力を会得《えとく》していくことになりました。さすがの私も、あまりのことに激しいめまいに襲われたものですよ。

キャベツはその後もいろいろな実験と訓練を重ねていき、いまや簡単な情報のアウトプット、ええ、音声器官から音を発信する段階にまでこぎつけました。すでに、幼児並の意思疎通も可能です。我々は有史以来、初めてキャベツとコミュニケーションをとることに成功したわけです。たかがキャベツにこれだけの力が秘められていたなどと、誰が想像できたでしょうか。

さて、ご理解いただけましたか。こういう経緯なんですよ。あれを造りあげるに至ったのはね」

しばらくの間、ショックで何も言うことができずにいた。

やがて私は、しぼりだすように言った。

「では、キャベツを脳にもつ世界初のサイボーグを造られたというのは、やはり本当だったと……」

男は自信ありげに深くうなずいた。

「今後、キャベツサイボーグが量産されるようになれば、人間の生活がラクになっていくのは間違いありません。我々とキャベツとの共生社会が実現するのも、そう遠い未来の話ではないでしょう」

キャベツと暮らす……。ますます気が遠くなっていく中で、私はその共生社会とやらのことをぼんやり頭に描いてみた。それはいったいどんな生活になるのだろう。よく描かれる模範的なロボット社会のように、キャベツも人間に忠実な存在でいてくれるものだろうか。それとも。

「教授、人類にとってキャベツが脅威となる可能性はないのでしょうか」

その点がどうしても不安だった。

「それは早々に明らかにしておくべき最重要課題のひとつでしょうね。しかしそれも含めて、いまは研究を進めている最中だとだけ言っておきましょうか」

私は不安を払拭《ふっしょく》できずに食い下がった。

「ここまで来たんですから教えてくださいよ。キャベツがそんなに賢いならば、いずれは立場が逆転して、キャベツが世界を支配するようになるかもしれない。そうなってからでは手遅れじゃないですか！」

途中から声が荒くなった。

男は不敵な笑みを浮かべて言う。

「手遅れですって？　あるいは、それもいいかもしれないじゃありませんか。キャベツの支配する世界が悪だなどと、いったい誰が決めたんです。彼らの方が優れた種族であれば、なおのことです」

私は言葉に窮しながらも、なんとか男にこう言った。

「……それじゃあ教授は、やつらの方が優れていると？」

「まあ、まだ明言はできませんがね。その可能性は大いにあります」

少なくとも、と男はつづけた。

「キャベツと違って、我々側には芯のあるのがほとんどいないんですからね」

鯛の鯛

「ばあちゃんが、入院したのよ」

母からの電話で、おれは慌てて飛行機に飛び乗った。

電話で聞いたところによると、祖母は家の階段で転んで鎖骨を骨折したらしかった。命に別条はなかったけれど、年も年なので、大事をとってしばらく入院することになったという。母は帰ってくるほどじゃないと笑ったが、おばあちゃんっ子のおれはなんだかんだで気が気でなくて、帰省も兼ねて、急遽《きゅうきょ》、休みをとって実家に帰ることにしたのだった。

ベッドでクイズ番組に夢中になっている祖母の元気な姿を確認すると、そわそわした気持ちもほっと落ち着いた。

「なんだ、ぜんぜん元気じゃないか」

「だから言ったじゃないの」

「なんのことかねぇ」

などと、他愛のないやり取りを、おれたちは四人部屋の病室の隅で飽きもせずにだらだらつづけた。

あまり長居するのも憚《はばか》られたから、小一時間ほどすると、おれは母と一緒に病院をあとにした。そして手持無沙汰《てもちぶさた》のようになった母と一緒に、祖母の家の掃除をすることに決めたのだった。

祖母は実家近くの一軒家に住んでいて、祖父が亡くなってからはずっと一人で暮らしている。一人では、なかなか掃除をする気も起きないのだろう。母がいくら言っても家の中は一向にきれいにならなくて、良い機会を得たとばかりに、おれたち二人は腕まくりをして勝手に大掃除に取りかかった。

至るところに雑多なものが転がる中で、特に台所の散らかり具合はひどかった。黒い油の張った鍋や、刺身のトレイがそのまま放りだされていたりもした。

「でもまあ、昔からこうだったような気もするなぁ」

おれは一人つぶやくと、母から言い渡された台所を、ぬめりのある床から順に拭きはじめた。そうしていると、なんだかだんだん祖母の家での懐かしいあれやこれやが思い出されてきて、ぞうきんを動かす手もときどきおろそかになった。

両親が共働きだったおれは、小さいころは学校から帰ってくると祖母の家でよく弟と一緒に夕食を食べたものだった。糸こんにゃくがたくさん入った牛丼や、エビとイモのかきあげ。豪華なものでは決してなかったけど、競い合うようにして弟と食べたのを覚えている。

「ばあちゃん、これうまい！」

そう言ったが最後、しばらく同じ料理ばかりを作るのが祖母の性格で、すぐに飽きて、弟と二人で文句をたれたものだなぁと苦笑まじりに思い出した。

でも、今でもやっぱり祖母の料理の味は大好きで、おれの中にくっきり刻みこまれている。離れていても、ときどき無性に食べたくなるほどだ。だから、帰省をすれば母を差しおいて祖母の料理を食べに行くことも、とても多い。

おれは祖母のいない台所を掃除するうちに、そんな祖母の料理もいつかは食べられなくなるのだと、しんみりした思いにとらわれた。

——子供ができたら、祖母の作る手料理を食べさせてやりたいものだ——

おれは長年、心の中でひそかにそう思いつづけてきた。だからこそ、祖母には長生きしてもらわねば。祈るような気持ちで、いまあらためて、強く思った。

祖母の手料理で一番好きなのは、鯛料理だった。近所に漁師をやっている家があって、祖母は昔から、ときどき鯛をもらってきてはおれたちに食べさせてくれた。塩焼き、アラ汁、煮付、鯛飯。いま思えば贅沢な話だけど、それこそ飽きるほど繰り返し食べたのが鯛なのだ。

「さあ、今日はだれが『鯛の鯛』を見つけるかねぇ」

鯛は肩のあたりに、その姿によく似た一対の小骨をもっている。おれたちの楽しみのひとつは、宝探しでもするように、その「鯛の鯛」と呼ばれる骨を料理の中から祖母と弟と探し合うことだった。一対のうちのひとつはぼんやりと光っていて、弟と奪い合いになったものだ。

「うわ、ここにあった！」

「兄ちゃんずるい！」

「ほれ、ケンカはやめなさい」

二人そろって叱られたのも、いまとなっては大事な思い出だ。

「縁起もんだから預かろうかねぇ」

そう言って、見つけた骨をおれたちから取りあげて、最後に祖母が持っていくのが決まりだった。

「どうせ、すぐなくすだろう？」

欲しいとごねるおれたちに放つセリフも、いつも同じだったなぁ。そんなことを考えながら、おれは流しの皿を洗い終えた。

台所をすっかり片づけたところで、母が言った。

「それじゃあ、裏の洗濯機のほうを見てきてくれる？」

その指示で、おれは、そういえば、と思った。裏庭には、これまでちゃんと行ったことがなかったなぁと気づいたのだった。部屋の中で相撲や、かくれんぼばかりやってたせいだろう。洗濯機の場所さえ知らなかったのかと、心の中で苦笑した。

カビが生えてやしないだろうなぁと少し不安になりながら、植木の乱立した通路を抜けて、狭い裏庭まで回っていった。果たしてそこには、年代物の古い室外洗濯機が据えられてあった。

おそるおそる中をのぞきこむと異変はなかったので、ほっと胸を撫でおろす。

と、そのときだった。洗濯機の横に置かれた妙なものが、おれの目に飛びこんできた。

そして次の瞬間には、混乱が頭の中でぐるぐる渦を巻いていた。信じがたいものが、視界に入っていたからだった。

そこには、熱帯魚を飼うような水槽が、ひっそりと置かれていた。ぽこぽこと、ポンプから空気が出てきていて、それだけだと何の変哲もないものだ。問題は、中にいたものだった。

「鯛が、なんでこんなところに……？」

おれは思わず、独りごちた。

鯛。

そう、中型のそれが、水槽の中をゆったり泳いでいたのだった。

「ああ、これに餌をやらなきゃいけないんだったわね」

うしろから声が聞こえてきて、おれは慌てて振り向いた。母だった。

「どうしたの、そんなに目を丸くして」

平然とした様子の母に、おれはますます混乱した。

「いや、だって、鯛が……」

何と言えばいいか説明に困ってしまって、つかえながら言った。母は一瞬きょとんとしたあとに、合点《がてん》がいったというような顔をした。

「この鯛のこと、もしかして知らなかったの？」

さも当然という具合で言う母に、おれは抗議をするように言った。

「知らないもなにも……この場所に来たのだって初めてだし……」

「えっ、そうなの？　てっきり知ってると思ってたわ。じゃあ、さぞかし驚いたことでしょうねぇ」

母は愉快そうに笑った。

「そりゃもう、何がなんだか……」

「でしょうね。これはね、鯛なのよ」

「見れば分かるよ」

「ごめんごめん、そういうことじゃないの。これはとても変わった鯛なのよ」

どういうことかと尋ねると、母は答えた。

「再生する鯛、とでも言えばいいのかしら」

「は？」

いきなりの言葉に、おれは反射的に声を出していた。母はおかしくなってしまったのかと、一瞬、疑ったほどだった。

そんなおれの反応を見て、母は改めて考えるそぶりを見せた。

「うーん、でも、そういう表現が妥当だものねぇ……」

自分に問うようにつぶやいた。

「うん、やっぱりそうね、再生する鯛なのよ、これは」

勝手に納得したように言ってから、母は語りはじめた。

「ほら、『鯛の鯛』って分かるでしょう？　よく、あなたたちが二人で奪い合ってた、鯛の骨」

「……うん」

「ひとつが薄ぼんやりと光ってたことも、覚えてる？」

おれは小さくうなずいた。

「この鯛はね、あの骨が成長したものなのよ」

今度は大いに首をひねった。

「たしか、むかし近所の漁師さんからもらったって言ってたかしら。とても珍しい骨だからって、何かのお返しでもらったらしいのよ。この骨に餌をやると成長して、やがて立派な鯛になるんだって。

ばあちゃんも、最初は半信半疑だったみたいだけど、いちおう試してみたらしいの。すると、はじめは水槽の底に沈んでびくともしなかった薄い骨が、時間がたつにつれてだんだん立ち上がってきたんだって。目をむいたって言ってたわ。骨は少しずつ起きあがっていって、やがてはしっかり立ってしまった。さらに時間が過ぎると、とうとう水槽の底を離れて自分の力で泳ぎだしたらしいのよ。腰を抜かす思いだったって言ってたのを覚えてる。骨は、まるで本物の小鯛のように泳ぎ回って、餌をあげると食いついたって」

母は、まるで自分も目撃したかのような口調で話をつづけた。

「おかしなことに、日がたつにつれて骨には次第にうっすら身がついていった。しばらくすると、とうとう鱗《うろこ》までもが現れて、小鯛と見紛《みまが》うばかりの姿になってしまった。いいえ、それはもう似ているなんて次元じゃなくて、鯛そのものだった。それで、漁師さんの話を信じないわけにはいかなくなった。

最初のほうは、見てはいけないものを見ているような気持ちになって、恐怖さえも感じていた。でも、祟《たた》りでもあるといけないからと考えて、餌だけは毎日やりつづけた。鯛はみるみるうちに育っていって、二週間もするころには、美しい桜色をした立派な鯛へと成長した。そのころになると、あんなに恐ろしく思っていた鯛のことが、少しずつ神聖なものに思えてきていた。

そしてあるときついに、漁師さんに言われたとおりに普通の鯛と同じように料理して、おそるおそる食べてみた。当時は食べるものにも困るくらいの生活だったから、鯛を前にして抗うこともできなかった。でも、口にしてみて驚いた。小さな水槽でほとんど動かず育ったはずの鯛なのに、間違いのない、天然ものの味がしたんだから」

ばあちゃんは、と母は言った。

「鯛を食べてるうちに、とても神秘的な気持ちになっていったって言ってたわ。命の尊さのようなものを感じたんだって。

この骨は、きっと鯛のすべてが凝縮された、鯛の核のようなものなんだ。これさえあれば、鯛は何度でも命を吹きかえす。美しく、鮮やかに、神々しく……。

自分はとんでもない縁起物を譲り受けたんだと、畏怖《いふ》にも似た気持ちを抱いたって、ばあちゃん言ってたわ。もちろん鯛にとって、よみがえることが幸せなことなのかは分からない。でも、ばあちゃんはそれに命の神秘を感じて、食べかけの鯛に向かって思わず拝んでしまったって。

きちんと一匹を平らげると、あの光る骨が鯛の中から現れた。ばあちゃんはそれを大事に取って、水槽の中へお賽銭《さいせん》を入れるような気持ちでそっと戻した。鯛の鯛は、同じようにまた泳ぎはじめた。

それからも、ばあちゃんは光る骨から育つ鯛を食べるたび、きちんと骨を取りだしてこの水槽で育てては、また同じように料理した。命の恵みに、心底、感謝の気持ちを抱きながら。

やがて私が生まれて大きくなると、私もときどきその鯛を食べるようになったの。最初はずっと、漁師さんからもらってきてるって言われてて、鯛の秘密を知ったのは、だいぶあとになってからのことだったけどね。あなたたちが生まれてからも、おんなじよ。だから二人の食べてた鯛の中から、光る骨が出てきていたというわけよ」

母は尊いものを拝むような目で、水槽の中の鯛をじっと見つめた。

予期せずばあちゃんの隠し事を知ったおれは、すっかりうろたえてしまっていた。いつもばあちゃんが骨をおれたちから没収していた理由がようやく分かった一方で、非現実的な話に、心の折り合いがつかなかったのだ。

「それならそうと、早く教えてくれたらよかったのに……」

同時におれは、祖母のことを何も知らなかったのだなぁと、なんだか切ない気持ちにとらわれていた。この調子だと、きっと祖母は、まだまだおれの知らない面をたくさん持っているのだろう。そしていつか、それを知ることのないままで、祖母は遠い世界の人になってしまうのだ。

「あなたたちに教えたりしたら、おもしろがって何をするか分かったものじゃないでしょう？」

笑う母に、救われた気がした。

祖母が無事に退院して、そのお祝いの場を鯛で飾ると、おれは故郷をあとにした。帰りの飛行機のなかでも、くすぶる思いは尾を引いて、なんだか目頭が熱くなり窓の外に目をやった。

その翌日のことだった。母から一本の電話をもらったのは。

「今日、ばあちゃんの検診のときに先生から言われたんだけど」

一瞬、最悪の事態が頭をよぎって、ひやりとした。でも、母の言葉は予期せぬものだった。

「命にかかわることじゃないから、先生も言うのを忘れてたらしいんだけどね」

母は言う。

「レントゲンで、ばあちゃんの骨にちょっとした異常が見つかったらしいのよ。ばあちゃん、肩のあたりに前にはなかった変な骨があるんだって」

「変って、なにが？」

電話を耳に当てたまま、おれは小首をかしげた。

「その骨の形なのよ、変なのは。どうやら人の形をしてるらしくって」

あっ、とおれは息をのんだ。

——鯛の鯛——

長年、同じ鯛を食べつづけた祖母のことだ。身体に影響が出ていたとしても、なにも驚くことではないではないか……。

おれは適当に話を切り上げて、電話を置いた。

そのあとで、いろいろなことを考えた。生きるとか、死ぬとか、あの鯛のことなどを。

不思議なことに、おれは奇妙さよりも、厳《おごそ》かな気持ちで満たされた。

祖母本人にとって、それが良い知らせなのかは分からない。でも、少なくとも、おれにとっては朗報と言ってもいいんじゃないかなぁと考えた。なんにせよ、長生きなのは良いことだし、そうなれば、祖母のことを知る機会だって自然と増えていくのだから。

それになにより、と、おれは少しうれしくもなった。

もしおれの予感が当たっていたとするならば、自分の子供どころの話じゃない。孫、ひ孫なんかまで、祖母のあの手料理に、ありつけるのかもしれないのだ。

皮使い

「すごく珍しいものを手に入れてね」

ご満悦といった感じの表情で、隣の席の同僚が言った。

ちょうど昼休みに入ってすぐ、弁当を開けた瞬間に話しかけてきたものだから、私はさして興味もないままで返事をした。

「へぇ、そりゃよかったなぁ」

それには構わず、同僚はつづけて言った。

「これを持ってる人は、世界中を探したってほとんどいないと思うくらいの代物で」

大げさな言葉に、私は少し興味を惹かれて手を止めた。高級時計や絵画でも買ったのだろうかと思ったけれど、彼はそういったたぐいのものとは縁遠い、少年の心のまま大人になったようなやつだった。いったい何を手に入れたというのだろうと、箸を置いて思わず尋ねた。

「そう言われると気になるなぁ。何を手に入れたんだ?」

「じつは今日、持ってきてるんだ」

「それじゃあ、早く見せてくれよ」

「それが、今すぐ見てもらいたいのは山々なんだけど、まあ、そう焦らずに」

同僚は楽しそうに顔をほころばせている。

「あれを手に入れることになった、そもそもの経緯がとても奇妙な話でね。それを話してからでないと、たぶん見せても呆気《あっけ》にとられるだけだと思う。だから、遠回りにはなってしまうけど最初から話を聞いてほしい」

私はますます気になって、首をたてに振って同意した。

同僚は、回想するような表情になって語りはじめた。

「少し前、おれは一週間ほど長期休暇をもらってただろ？　休みのたびに海外旅行を楽しんできたおれは、今年の休みはインドに一人旅をすることにしてね。特に理由があったわけじゃなかったけど、なんとなく足を向けたんだ。まさかあんな不思議な体験をすることになるとは夢にも思わなかったけど」

インドと聞けば、たしかに妖しげな響きはある。オカルト話でも持ちだそうというのだろうかと思いながら、私は先を促した。

「滞在中に、おれはいくつかの有名な場所を訪れた。タージ・マハルに、クトゥブ・ミナール。ガンジス川沿いの朝の沐浴《もくよく》風景も、神秘的で言いようもないほど素晴らしいものだった。

あの老人と出会ったのは、滞在三日目の午後のことだった。インドの人たちの生活を知りたくて、その日おれは町のなかへと繰りだしたんだ。

遅めの昼食を食べたあと、運動がてら当てもなくあたりをぶらぶらしていたときだった。フルーツや野菜をたくさん並べてある露天商の隣のスペースに、何やら人が集まっているのを見かけてね。

なんとなく惹かれるものがあって、おれはそちらへ近づいた。

人だかりの隙間から奥をのぞくと、汚れた布の上にあぐらをかいて座っている老人が見えた。白い服に白いひげ、それと頭に巻いた赤いターバンが印象的な人物だった。

老人の前には、蓋《ふた》のされた丸い籠が置かれてあった。そのそばには、瓢簞《ひょうたん》を縦笛で串刺しにしたような妙なものが転がっていた。おれは、それを見た瞬間にピンとくるものがあった。この人は、テレビなんかで見たことのある、かの有名なヘビ使いに違いないと思ったんだ。

とたんにおれは、ワクワクしはじめ頭が冴えた。

ヘビ使いといえば、笛を使ってヘビを巧みに操る人たちのことだけど、おれにとってはマジシャンみたいな存在で、子供のころはテレビで見るたび憧れを抱いたものだった。それを生で見ることができるだなんて、はるばるインドまでやって来た甲斐があったなぁと思った。おれは心をはずませながら人だかりをかき分けて、前のほうへと進みでた。

人がさらに増えてくると、しばらくのあいだじっとしていた老人は観衆を一瞥した。それから、おもむろに笛を手にとり口元へとあてがった。いよいよショーが開演するのだと、胸は一段と高鳴った。おれの頭のなかでは、昔見たテレビの光景が再生されていた。次は籠の蓋を取って、いよいよヘビのお出ましというわけだ。

その映像どおり、老人が籠に手をかけた。そして、そっと蓋を取り去った。

そのときだった。籠のなかのものを見て、おれは思わず目を丸くした」

同僚は、そこでいったん言葉を切った。すっかり話に聞き入っていた私は、思わず身を乗りだし尋ねていた。

「いったい何が入ってたんだ？　とんでもなく大きな蛇が入ってた、とか？」

同僚は、首を小さく横に振る。

私はふたたび口を開く。

「籠のなかが空っぽだった？」

またもや彼は、首を振る。

「思いもよらないものが入ってたんだ」

いったい何がと、私はがぜん興味を惹かれた。

彼はひと呼吸おいてから言った。

「籠のなかに入ってたのは、リンゴだったんだ」

「なんだって？」

「表面がきれいに磨かれつやつや光る、真赤なリンゴが入ってたんだよ」

わけが分からず、私はすっかり戸惑ってしまった。

「そう、おれもまさに頭のなかがこんがらがって、今のおまえみたいな反応をしたもんだよ。周りの人も同じ気持ちになったようで、あたりはざわめきで包まれた。でも、老人は意に介する様子もなく、ゆったり構えているのみだった。いったい何をするつもりだろうと、おれたち観衆は息をのんで見守った。

老人は、ほかに何をするでもなく、そのまま普通に笛の穴へと両手を当てた。そしてこれまた、想定どおりに笛を演奏しはじめた。妖しげな音色があたりに響く。リンゴ相手に笛なんて吹いて、どういうつもりなんだろう。そう思った刹那《せつな》だった。信じられないことが起こって、おれは我が目を疑った。

あろうことか、籠のなかのリンゴに変化が起こりだしたんだ。リンゴの皮が、包丁で剝いていくように渦巻状にくるくる剝けて宙にのぼりはじめたんだよ。もちろん老人は、一切手をふれてやしない。何がなんだか分からなかったけど、それはまるで、とぐろを巻いたヘビが立ち上がっていく様さながらだった。

リンゴの皮はみるみるうちに剝けていき、やがては黄色い中身と赤い皮とにすっかり分かれた。静かにたたずむ剝けたリンゴとは対照的に、鎌首をもたげた皮は、まるで本物のヘビになってしまったかのように身体をしならせ堂々と屹立《きつりつ》した。

おれは事態を理解しようと頭をめぐらせ、悩んだ挙句になんとかひとつの考えを絞りだした。この老人は、ヘビ使いではなく、リンゴの皮を操る皮使いとでも呼ぶべき人なのではないだろうか。そして彼の吹く笛の音には、リンゴの皮を剝き、ヘビのように動かす力があるのでは、と。

自分でも、ばかげた考えだとは思ったけど、手品で片づけるにはあまりに飛躍しすぎた現象だった。異国のムードも手伝って、おれはいつしか自分の考えに妙な確信を持つに至り、食い入るようにその光景に見入っていた。

しばらくすると、老人が笛の調子をがらりと変えた。

と、立ち上がっていた皮は、右に左に大きく揺れて、リズムに乗って踊っているように見えたから笑えてきた。

愉快な動きに、居合わせた子供が手を伸ばした。とたんに皮はシャーッと威嚇《いかく》でもするように子供に向かっていったものだから、その子は驚いて腰を抜かして泣きだした。子供をつれて離れる母親の姿を眺めながら、おれはマングースを威嚇するリンゴの皮の様子を思い浮かべ、奇妙な思いにとらわれた。

次に笛の音が変わると、皮は籠からゆっくり這いだして、老人のほうへと近づいていった。そして皮は、骨ばった腕を上に向かって螺旋《らせん》を描きながらのぼっていった。果《か》汁《じゅう》がしみだしたのか、ほのかにリンゴの香りが漂ってくる。

皮は老人の首に巻きついて、細いマフラーのような形になった。頭とおぼしき先端をこちらに向けて、身体を伸ばす。今にも、ちろちろと舌が出てきそうな雰囲気だった。

また音が移ろって、今度は逆の腕からするする下へと降りてきた。籠のなかへと戻っていくと、皮は剝けたリンゴと対峙《たいじ》した。

皮が口を開けるようにして先端部分を上下に大きく開いたかと思った、次の瞬間。なんと皮は、リンゴを丸のみしてしまったんだ。あっと驚くおれの前で、リンゴは皮のなかへと取りこまれ、そこだけ大きく膨れたままでゆっくり後ろへ移動していった。のまれたリンゴは皮の真ん中あたりで動きを止めて、しばらくすると消化されるように萎《しぼ》みはじめた。やがて形をすべて失って、皮は元の通りにぺたんと薄い姿に戻った。

満足そうにとぐろを巻いた様子を見届けると、老人はおもむろに笛を口から遠ざけた。音がやむと、皮はとつぜん動かなくなって地面に向かって崩れていった。老人は、それを口のなかへと放りこみ、もぐもぐさせて、ごくんと呑む。あとにはただ、空っぽの籠だけが残った。

肩をすくめた老人の姿にパフォーマンスの終わりを悟ったおれたちは、割れんばかりの拍手を送り、彼の差しだす籠のなかへと紙幣をどんどん投げこんだ。老人は拍手に応えることもなく、新しいリンゴを懐から取りだして、黙々と服のはしで磨くのみだった。

しだいに熱が落ち着いて、観衆がいなくなったあと、おれは好奇心を抑えかねて老人に話しかけていた。驚きを伝え、いまのはどうやったのかと高揚した気持ちで何度も尋ねた。

最初は見向きもしてくれなかったけど、しつこいおれに根負けしたのか、老人は笛を指差した。これを吹けば思いのままだ。そう無愛想につぶやくと、またリンゴ磨きに戻ってしまった。

おれは笛をゆずってほしいと願いでた。自分も同じ芸をやってみたい。そういう強い衝動にかられていた。

しばらく無言のままだったけど、とうとう彼は横に置かれた予備の笛を指差して、持っていけと言わんばかりにアゴをしゃくった。お金を払おうと財布を取りだしたけど、老人は無頓着《むとんちゃく》にまたリンゴ磨きに戻ってしまって、二度と相手をしてはくれなかった。おれは無理やり老人の手を握ってお礼を言って、その場をあとにした。一刻も早く試してみたくてうずうずしていた。

さっそくリンゴをひとつ買い、急ぎ足でホテルに戻った。でも、リンゴを前にあぐらをかいて慣れない手つきで笛を吹いてはみたけれど、ぴょろぴょろ変な音を立てるだけだった。もちろんリンゴはうんともすんとも言わなくて、これは老人に教えを請わねばとおれは思った。

それで次の日も、その次の日も、予定をすべて切りあげて、残りの滞在期間を老人の芸を見に行くことに費やしたんだ。いくら質問してみても反応のない老人に、作戦をかえて、おれは見よう見まねで笛を吹く技術を盗んでやろうと決心した。毎日、町のちがうところに現れる老人を見つけだしては隣に座って、一日中リンゴに向かって笛を吹きつづけた。

なんとか少しだけ皮がめくれるようになったのは、滞在の最終日だった。おれは勝手に、師匠から秘伝を授かった弟子のような気持ちになって、相変わらずリンゴ磨きに余念のない老人を一方的に抱きしめて、高揚した気分のまま帰国の途についた。

とまあ、これがおれの体験したことなんだ。信じられない話だろうけど」

その同僚の言葉とは裏腹に、私は彼の話を自然と信じこんでいた。どう考えても常軌を逸したことのはずなのに、どこか真に迫ったところがあったのだった。

「なるほどね、珍しいものってのは、そのゆずり受けた笛というわけか」

私は話の先を読んで、そう言った。そんな笛があるものならば、ぜひとも見せてほしいものだと心は躍りはじめていた。

しかし同僚は、大きく首を横に振った。

「もちろん、それもあるけどね。でも、おれが一番見せたいのはそれじゃなくて」

「それじゃあ、練習して磨きあげたその芸を、ここで実演して見せてくれるとか？」

「たしかにおれは腕をあげて、人前で披露できるくらいまでにはなった。お望みなら、ここでやるのもやぶさかじゃない。でも、いま見せたいものは別にあるんだよ」

回りくどい同僚に、私はしびれを切らして言った。

「なら見せてくれよ、その珍しいものというやつを」

「これさ」

彼がカバンのなかから取りだしたのは、透明なケースだった。そのなかに、何やら奇妙なものが入っている。

「リンゴ……？」

それを見て、おれは一言そうつぶやいた。たしかにそれは、リンゴの形をしていた。でも、決定的におかしなところがひとつあって、自分の言葉に確信が持てずにいた。

「そう。見せたいものは、このリンゴでね。これはおれが皮使いの練習をしてる最中に手に入れたものなんだよ」

「最中に……？」

「練習で笛を吹くたびに、いちいちリンゴを替えるなんてもったい話だったから、おれは同じリンゴをしばらくのあいだ使いつづけてね。だからリンゴは日がたつにつれてだんだん古くなってきて、しだいに萎《しな》びていったんだ」

同僚の言わんとしていることが分からずに、私はやきもきした。

「それで？」

「さらに数日が過ぎたころ、おれはとうとう、その萎びたリンゴの皮を剝き切ることに成功してね。興奮のあまり、ヘビのようにあたりを這いまわるそいつに向かって長い間、笛を吹きつづけていた。

そのときだった。とつぜん、皮が変な動きをはじめたんだ。笛の音は鳴っているのに皮は止まって、その場でもぞもぞしてるんだよ。おれは不審に思いながらもそのまま笛を吹きつづけた。すると、予想だにしないことが起こりだした。

なんと、皮が先端からどんどん伸びはじめたんだ。それはみるみるうちに伸びていって、やがて倍の長さにまでなった。見ている途中で、おれはその現象を理解していた。皮は古くなった表皮を捨てて、新しい姿に生まれ変わっているんだということに気がついたんだ。そう、驚くべきことに皮は脱皮をしてたというわけだ。そしてこのケースのなかの代物は、そのとき手に入れたものなんだ」

「まさか……」

絶句する思いだったけど、私はかろうじて言葉を継いだ。

「じゃあ、おまえが持ってるその半透明のリンゴは……」

「ああ、脱皮した皮を巻きなおして復元した、リンゴの抜けがらの標本さ」

MEN

「ほかに男ができたんだろ」

男が鋭い目つきで女に迫った。

「ほら、黙ってないで何とか言ったらどうなんだ？」

「……そんなわけないでしょ。なによ、いきなり」

「じゃあ、昨日の夜はどこに行ってたんだ？」

「それは……」

言葉に詰まった女をにらみ、男はさらに責めたてる。

「やっぱりな。最近ずっと、おかしいと思ってたんだよ。おまえは隠してるつもりだったのかもしれないけどな、あやしいところはたくさんあった。電話してもなかなか出ないし、家に行っても留守のことが多いだろ。うちに泊まりに来たときのあれもそうだ。極端なほど一緒に風呂に入りたがらないのも、ずっと変だと思ってたんだ。聞き耳を立てさせてもらったよ。おれが風呂に入ってるあいだ、いつも誰かに電話をかけてるだろ。

正直に言えよ、ほかに男ができたって」

女はうつむき、絞るように声をだした。

「……そんなに言うなら、証拠を見せてよ。もしあれば、の話だけど」

「ははは、証拠もないのに言ってるとでも思ったのか？」

そう言うと、男はポケットから何かを取りだし机の上に放り投げた。女は、あっと息をのんだ。

「探偵を雇わせてもらったよ。とっかえひっかえ、いろんな男と会ってるらしいじゃないか」

その写真には、若い男に寄りそう女の姿が写っていた。

「どれもおまえがずっと通ってるっていう、うどん教室とやらから出てくるところの写真だよ。手までつないで、ずいぶん仲が良さそうだな。しかもこのあと、夜の町へと消えていったそうじゃないか。ほら、言い訳があるならしてみろよ」

「……最低ね、ヒトのあとをつけるなんて」

女は吐き捨てるように言った。その表情は、だんだん険しくなっていく。

しばらくのあいだ、不穏な静けさが漂った。

突然、大きな声があがった。

「あはは、まあ、バレちゃったのなら仕方ないわね。そうよ、あなたの言うとおりよ」

女は高らかに笑って言った。

「だってあなた、いつも弱気でぜんぜん男らしくないんだもの。嫌気がさしても仕方ないことじゃない」

「開き直るつもりかよ」

男がこぶしを強く握る。

「じゃあ、その男らしさってのを見せてやろうか？　あいつらは、あの教室に通ってるんだろ。今から乗りこんで、話をつけてやろうじゃないか」

「やめておくのをオススメするわ」

女はすぐに牽制《けんせい》した。強い光で男をにらむ。

「あなたがやられるのがオチだから」

「へぇ、ずいぶん下に見られたもんだな。あいつらの方が、おれより強いというわけか」

「ちがうわよ。先生にやられるっていう意味よ」

「先生？」

「うどん教室の先生よ。人智を超えた不思議な力を持ってるヒトだから」

「不思議な力？　いったい何を言いはじめるかと思ったら……」

男は呆れて肩をすくめる。

「……おかしな話を持ち出して、本筋から逸《そ》らそうって魂胆《こんたん》だな」

「全然ちがう。もういいわ……それじゃあ、あなたにすべてを教えてあげるわよ。話せば満足するんでしょう？」

女は何かを決意したような顔になる。

「ようやく言う気になったのか」

「ええ、お望みどおり、あの男のヒトたちのことも、うどん教室の秘密もね。もうどうでもいいわ。そうね、最初はあのうどん教室のことからお話しすればいいかしら」

女は冷たく笑う。

「あそこはね、表向きは、ただのうどん教室よ。でもね、裏ではとっても不思議なことをやってるの。あなたなんかじゃ、到底想像もつかないことを」

「なんだよ、その秘密ってのは……」

「メン作りよ」

「……ふざけてるのか？　そんなの当たり前じゃないか」

一拍置いて、男は怒りをあらわにした。

「そうじゃないわ。まあ、あたしの話を黙って聞きなさいよ」

強気の女に、男は勢いをくじかれる。

「あのうどん教室のことを知ったのは、あなたと出会うちょっと前。元カレの愚痴《ぐち》をこぼしてたときに、友達から教えてもらったのよ。いいところがあるからって。話を聞いて、あたしはとっても混乱したわ。だってその子、とんでもないことを言うんだもの。でも、自分で体験してみて冗談なんかじゃなかったんだってようやく分かった。うどん教室の秘密に、心底驚くことになったのよ。

やることは、普通のうどんを作るのとよく似てる。うどん作りじゃ生地《きじ》をこねて足で踏んで、それを寝かせてあげるでしょ。メン作りでも、それとおんなじことをやるわけよ。

生地は先生が用意してくれる秘伝のものを使うから、あたしたちが自分でやるのは、おもに足で踏むところからね。生地にビニールシートをかぶせてあげて、足でひたすら踏みこむの。素足になって、体重をうまくかけながら。これがなかなか重労働で。でも、休まずつづけていくうちに、だんだんコシが出てくるの」

そこで男が口をはさんだ。

「……おれは、うどん作りの話を聞きたいわけじゃない」

「話は最後まで聞きなさいよ。あたしの言ったコシの意味が、ぜんぜん分かってないくせに」

「それくらい、おれにも分かるさ」

「いいえ、まったく分かってないわ。コシっていうのはね、身体の腰のことなのよ」

「は？」

「踏んでるうちに、ヒトの腰ができるのよ。生地が自然と形をとって、男のヒトの腰の部分が」

女の話に、男は言葉を失った。

その様子に満足したように笑みを浮かべて、女はつづける。

「ほらね、なんにも分かってなかった。腰の形ができてくると、なんだか誰かのマッサージでもしてるみたいな不思議な気持ちになるものよ。

形が整えば適当なところで切りあげて、そのまま生地を寝かせてあげる。寝かせるうちに生地はどんどんふくらんで、腰の前後に臀部《でんぶ》や胴ができてくる。まるで腰から生えるようにしてね。生地はそのままふくらみつづけて、ひと晩もするとすっかりヒトの形ができあがる。あとは大きな釜で茹でてあげれば、生きて動く本物の男のヒトになるってわけよ。メン作りって言ったのは、うどんの麺《めん》のことじゃないわ。男のヒトたち――MENを作るということよ」

「まさか……」

男は開いた口がふさがらない。

「腰というのはヒトのすべてを支えてる、いちばん大事な核なのよ。ほかの身体の部分というのは、すべて腰に根差しているの。そこを丹念に心をこめて作ってあげれば、ついには命が宿るのね。もちろん、ふつうの生地を踏むだけじゃあ、そうはいかない。先生が用意してくれる秘伝の生地が肝心なの。でも、あたしはまだその秘密を教えてもらうまでには達してなくって。免許皆伝《かいでん》は、もう少しメン作りの腕があがってからみたいね」

女はすらすら口にする。

男は呆然《ぼうぜん》としながら言った。

「……まさか、それがおまえと一緒にいた、あの男たちの秘密だって言うつもりじゃないだろうな……？」

「ご名答。あのヒトたちは、みんなあたしの作ったヒトたちなのよ」

「そんな話、信じられるはずがない！　証拠を見せろよ！」

男はすっかり混乱して、声を荒げた。そんなばかな話でごまかされてたまるか。そういう思いが口調に出ていた。

「それは……」

とたんに女は黙ってしまった。

それみたことかと、男はたたみかけていく。

「証拠はないんだな？　やっぱり全部、ごまかすための作り話だったのか」

しかし女は、しばらく逡巡《しゅんじゅん》したあとに決然と言った。

「……いいわ、教えてあげる」

「それじゃあ、証拠があるとでも……？」

女は顔をあげ、男をまっすぐ見つめて言った。

「証拠はあなたよ」

「このおれが?」

瞬間、男は理解ができずに変な声をあげてしまった。

「なんでおれが証拠なんだよ」

「あなたも、そうやって作った男のヒトのひとりだからよ」

「なんだって……?」

虚をつかれ、男の身体は固まった。

「おまえが作った? このおれを? 冗談はやめてくれ」

「いいえ、残念ながら、本当よ。あなたはね、あたしが初めて作った男なの。今でこそ、ずいぶんうまく作れるようになったけど、あなたはまさに拙《つたな》い感じがあらわなままの、あたしのデビュー作なのよ」

女は言葉を継いでつづける。

「もうひとつ言うとね、あなたに男らしさが足りないのは、あたしのせいよ。それだけは、謝っとかないといけないことね」

「おまえの……?」

「あたしの踏みこみが甘くって、コシのない男になったのよ」

男は大いにうろたえた。

「おいおい、冗談はやめろって！　そうだ、証拠だ、証拠を出せよ！　ほらこの通り、おれは至って普通の人間だ！　何の証拠もないじゃないか！」

「思い当たる節はたくさんあるはずよ」

女は事実だけを告げるように淡々と言う。

「たとえば、そうね、さっきお風呂に一緒に入らない理由を聞いてきてたわよね。それもそのひとつだわ。もちろん、あなたのいないあいだにほかのヒトと電話をしてるっていうのも、まあ、事実よ。でもね、一番は、あなたと入るとお風呂に長く浸かれないからということが理由なの。ああいうふうになるのって、自分だけだって気づかなかった？」

混乱の中、男が尋ねた。

「何のことだよ……」

「あなたの身体は、うどんとおんなじようなものなのよ」

震える男に、女は冷たく言い放つ。

「長く浸かるとお風呂のお湯がずいぶん減ってしまうでしょ？　あれはね、うどんみたいに身体がふやけて、あなたがお湯を吸ってるからよ」

お腹のビール

うまいビールが飲めるイベントがあって。

そんな噂を聞きつけて、私はひとり、とある広場へと出かけて行った。

オクトーバーフェスト――ドイツ発祥のそのイベントはビールの祭典と呼ばれていて、十月になるとあちらこちらで黄金色のビールジョッキが重なりあう。ビール好きには垂《すい》涎《ぜん》もののイベントで、私が訪れた広場でも、その一環でうまいビールが振舞われているという話だった。

しかし、到着してみて首をかしげた。たくさんの人で賑わってはいたけれど、広場にはビールを売るテントもなければ、売り子の姿も見られなかったのだ。

とりあえず、あたりをきょろきょろ見渡して、私は長い行列のうしろにわけも分からず並んでみた。人が並んでいるからには、きっとビールがあるのだろう。そう思いながら澄んだ青空をぼんやり眺めて過ごしていると、いつしか列は進んでいった。

が、列が縮まるにつれて先に見えてきた光景は、じつに奇妙なものだった。

そこには、ひとりの老紳士がビールケースを裏っ返して座っていた。老紳士の隣には陽の光を浴びて輝くジョッキの列が並んでいて、客たちはそれを手にとり自分の番に備えている。

奇妙なのは、その老紳士と客とのあいだのやりとりだった。

どういう仕掛けか、客は老紳士の前で何やらごそごそやっていたかと思うと、次の瞬間にはビールを手にして去っていくのだ。ビアサーバーも見当たらないのに、いったいどこでビールをついでいるのだろう。私は疑問に思いながらも、ゆっくり歩みを進めていった。

ようやく順番が回ってきて、老紳士を前にした途端のことだった。突然、老紳士が立ちあがり、私を含めた行列に向かって声をあげた。

「すみません、みなさま」

茶色いチョッキ姿の細身の彼は、深々と頭を下げた。

「私のビールは、たったいま終わってしまいました」

老紳士は、いかにも申し訳なさそうな顔をして、もう一度、丁寧に頭を下げた。

「わーまじかぁ」

うしろの方から悔しそうな声があがる。

「ぜんぜん余ってないんですかぁ？」

「トシさんのビール、飲みたかったのにー」

あたりはざわめきに包まれた。

トシと呼ばれた老紳士は、何度もお詫びの言葉を口にした。

「すみません、これに懲りずに次の機会にもまた来てやってください」

「もっと早く並べばよかったなぁ」

「運がなかったわねぇ」

「次こそは、必ずトシさんのビールにありつきますよ」

よほど客筋がいいのだろう。客たちは残念がりながらも、文句を言う人はひとりもいなかった。

やがて客たちは親しみをこめた言葉をそれぞれに口にしながら散っていき、あとには私だけが残された。

私は、トシさんという老紳士に興味を持った。洗練された風貌にも惹かれるものがあったし、何よりさっきからのビールの謎が気になったのだ。

ジョッキを片づけている老紳士に近づいて、私は思い切って声をかけてみた。

「あの、ちょっと伺いたいんですが……」

老紳士は振り返り、すまなさそうな顔をして言った。

「大変申し訳ないのですが、たったいま、ビールは売り切れになってしまったのですよ」

「いえ、それとは別のことでして」

老紳士は、不思議そうな顔をする。

「お聞きしたいのは、ビールのことです。肝心のビアサーバーがどこにも見当たらないようですが、あのビールは、いったいどこから出していたんですか？」

「ああ、なるほど。そのことでしたか」

老紳士は、合点《がてん》がいったという感じで微笑んだ。

「ということは、私らビール職人のことは、まだ何もご存知ないということですね」

「ビール職人……？」

私は頭をかきながら答えた。「じつは、うまいビールが飲めると聞いて、下調べもせずにふらっとやって来たものでして……」

「それもまた一興です」

老紳士は優しく言い添えた。「このイベントは、自家製ビールの作り手たちが集まって、それぞれの自慢のビールを披露しあうというたぐいの会なのです」

「ビールをご自分たちで作られているんですか？」

「そのとおりです。しかし、そのビールの作り方というのが少々変わっておりましてねぇ。ビールの出どころの話とも、深く関係していることなのですよ」

「作り方……？」

「興味がおありなら、お話しして差しあげましょう。私としても、ビール職人のファンが増えるのは喜ばしいことですからね」

私はすぐさまうなずいた。

「ほほほ、それじゃあ、まだビールの残っているほかの職人さんのところに行きましょう。百聞《ひゃくぶん》は何とやらです。ご覧になっていただくのが、一番てっとり早いでしょう」

彼は手招きをして私を誘った。私は、老紳士のあとについて歩いて行った。

近くにあった行列のところまでたどりつくと、彼は少し離れたところから指差しながら言った。

「ほら、あそこの列の先頭に、さっきの私と同じように座っている人物がおるでしょう？　あの方も、ビール職人のひとりです」

「はあ、あれが……」

見ると、顔の赤い、でっぷり太った男性がビールケースに腰かけているのが目に入った。

「いかにもビールが好きそうな体型をしておられますねぇ。それで、肝心のビアサーバーはどこにあるんでしょう？」

「あの方が、ビアサーバー代わりなのですよ」

「なんですって？」

老紳士の言葉の意味が分からずに、私は瞬間的に聞き返した。

「どういうことですか……？」

「ほほほ、そのままの意味ですよ。あの職人さんの腹は、ぽっこり膨らんでおるでしょう？　あの中に、ビールがたくさん詰まっておるのです」

予期せぬ言葉に、私は耳を疑った。

「あの中に？　ビールが？」

「ええ、ほらよく、太った人の腹をさして『ビール腹』と言ったりするでしょう？　それに対してあの腹は、正真正銘、ビールの入った腹というわけなのですよ。あ、ほら、ご覧になってみてください」

言われて目をやると、先頭のお客さんが男性にジョッキを手渡すところだった。ジョッキを受け取った男性は、それを服の下へともぐりこませた。すぐにジョッキが出てくると、そこには黄金色に輝く液体が入っていたから驚いた。まるで、手品を見せつけられたようだった。

「ビール職人には、生まれつきヘソのところに注ぎ口がついておりましてね。レバーを引けば、ビール腹からビールを注げるようになっておるのですよ」

「そんな、まさか……」

「私の腹にも、同じものがついております。見苦しいので、お見せするのは控えておきますが」

老紳士は、腹をぽんぽん叩いてみせた。

「特殊な身体をもった私らビール職人は、各地で開かれるイベントに合わせてビールを腹で仕込むのです。そうして皆さんに振舞って、生計を立てておるのですよ」

「仕込むって、どうやって……？」

「各々が選び抜いたこだわりの麦とホップをひたすら食べて、上質な天然水をひたすら飲むのです。

仕込みをはじめて日がたつと、次第に原液が腹の中へと溜まってゆきます。見た目も徐々に膨らんで、りんごみたいな体型になってゆくのです。そうなると、動くだけでたぷたぷ感じるようになりましてね。あとは時間をかけて酵母《こうぼ》がそれをビールに変えてくれ、やがては腹の皮膚が黄金色に輝くようになるのです。ビールは身体に回って顔も赤く染まるので、それが文字通り、できあがったことの証になるわけですね」

老紳士は、茶目っけたっぷりに微笑んだ。

「ビールの味は、作り手によってまったく異なるものになります。素材の選び方、管理の仕方。同じ味というのは、二つとしてありません。できたビールは品評会へと出品されて、優秀なものには賞が与えられたりもしましてね。世界各地の職人たちの腕、いえ、腹が競われるというわけです。ちなみに『トシのビール』というブランドで展開している私のビールは、おかげさまでドイツのセレクションで三年連続、金賞をいただいておりまして」

老紳士は、控えめな口調でそう言った。

私は、老紳士の話をどう受け止めればよいのか分からなかった。

でも、もし彼の言うことが本当だったとしたならば……。

町で見かける、でっぷり太った世の人々。あの人たちの中には、腹にビールを蓄えた職人さんも混じっているということだろうか。そうだとしたら、不摂生《ふせっせい》どころか、彼らは麦とホップと天然水だけで、まるで修行僧のような生活を送っていることになる。もののの見方を百八十度変えられたような思いだった。

妙な考えも頭をよぎる。もし自分の腹で作ったビールを自分で飲んだら、どうなるのだろう。無限ループで飲み放題になるのだろうか。それはそれで最高だけど……。

そんなことを考えていると、不意にあることに気がついた。

「そういえば、皆さん同じような格好をされているんですね。制服みたいなものなんでしょうか」

老紳士も、男性も、それから遠くに見えるほかの人たちも、一様に似たような服を着ていたのだった。

「ビールは光に弱いので、直射日光を避けるために茶色い服で劣化を防いでおるんです。

ビール瓶と同じ理屈ですね。それから、服には内ポケットがたくさんついていて、保冷剤が入れられるようにもなっています。もちろん、腹を冷やしておくためです」

なるほどなぁと感心して、私は素直な思いを口にする。

「お話を伺えば伺うほど、『トシのビール』を飲んでみたくなってきましたよ。もう少し早く来ていればと悔やまれますねぇ……」

乾いた喉《のど》を、ゴクリとさせた。

「いやはや、何とも申し訳ない。本当に残念です。次の機会に、ぜひよろしくお願いします。しかし、ビールを好まない方が増えてきている中にあって、あなたのような方がいらっしゃるのは心強い限りですよ」

「そうなんですか？　あんなにうまいのに、どうして……」

ビール好きとしては、聞き捨てならない話だった。

「苦みが口に合わないといって、ビールを敬遠する方が多くなってきているのです。ですので私らも近頃は、裾野《すその》を広げるためにいろいろと苦労をしておるのですよ。特に若者や、女性層に向けたビールの開発が喫緊《きっきん》の課題でしてね。ちょうど私の弟子にも、新しい試みをさせておるところなのです」

「試み、といいますと？」

「シャンディガフというお酒をご存知ですか？」

私は首を縦に振る。ビールとジンジャーエールを掛け合わせたカクテルだ。

「ふつうのビールに比べるとずいぶん飲みやすく女性人気が高いので、私ら一派は伝統だけにとらわれず、積極的にお客様にお出ししてきたのです。ですが、毎回ジンジャーエールを用意するのも手間なので、これをなんとか腹の中で一気に作ってしまえないかと、仕込みの途中でショウガを食べるようにしてみたりして、試行錯誤を繰り返してきましてね。それが最近、ようやく形になったのです。このイベントにも、ちょうど私の一番下の弟子がシャンディガフを出品しております。そうだ、せっかくなので、ちょっと味見をしてゆきませんか？」

私が喜んで返事をすると、老紳士は弟子を探して歩きはじめた。そのあとに、つづいて歩く。

あたりは、すっかり祭りの様相を呈していた。持参のおつまみをみんなで囲んでビールを呷《あお》る団体客。紅葉しかけた樹木の下でジョッキを合わせるカップルたち。広場全体が、それぞれの楽しみ方でにぎやかに彩られている。

と、女性客が群がっている一帯があったので、私は言った。

「なんだか、あそこだけがやけに盛況のようですねぇ」

「どこでしょう……ほぉ」

なぜだか、老紳士の顔が急に険しくなった。

「……これはちょっと、まずいことになりそうです」

そうつぶやくと、彼はつかつかと早足でそちらの方へと近づいていった。

「ちょっと待ってくださいよ！　いきなりどうしたんですか！」

慌てて追うと、目の前に、じつにうらやましい光景が飛びこんできた。ひとりの青年が、たくさんの女性客に囲まれて顔をホクホクさせていたのだった。

そのビール腹の青年は近づいてくる老紳士に気がつくと、さっと顔色を変えて身体をこわばらせた。

老紳士は、群衆をかきわけ前へ出た。

「し、師匠……」

動揺する青年に向かって、老紳士は言った。

「ちょっと、それを味見させてもらおうか」

ものを口に含む。

「は、はい！」

青年は、そばのジョッキを手に取ると、服の中へと差しこんだ。老紳士は、出された

「……悪い予感は当たったようだ」

厳しい口調でそう言と、

「こんなものをお客様にお出しするなんて、修行がぜんぜん足りておらん！」

観衆の前で、雷が派手に落とされた。

すっかり恐縮しきっている青年をそばに、老紳士は周囲に向かって頭を下げた。

「皆様、すみません。お見苦しいところをお見せしてしまいました。そして、粗悪な品をお出しして、誠に申し訳ございませんでした。お代はすべて、払い戻しをさせていただきますので、どうかご容赦ください」

私は何がなんだか分からずに、おそるおそる尋ねてみた。

「いったい何があったんですか……？」

「いやはや、口にするのも、お恥ずかしい話です。私の指導不足ですよ。こんなものを……」

「も、も、申し訳ございません……」

青年は、しどろもどろになっていた。

「私に謝る前に、お客様に謝ってきなさい！」

「は、は、はいっ！　た、ただいま！」

ビール腹の青年は、客たちの間を奔走しはじめた。

老紳士は溜息まじりにつぶやいた。

「本当に、もっと修行をさせてから人前に出すべきでした」

「シャンディガフに、何か問題でも……？」

老紳士は少しためらいを見せたあと、苦い顔で口にした。

「シャンディガフが、と申しますか、そもそもあやつのビールそのものが、失敗作だったのですよ」

「……味が及第点に達していなかったということでしょうか？」

「いえ、それ以前の問題です。厳密に言いますと、せっかく完成していたものが、一瞬にして失敗作になりさがってしまったのです」

首をかしげる私に向かって、老紳士は言う。

「ビールがビールとしてあるためには、当然ながら炭酸ガスがちゃんと含まれていることが大きな前提条件です。そしてそのために私らビール職人のあいだでは、最初に修得すべき基本スキルがあるのです」

「といいますと……?」

「いかなるときでも、しゃんと気を張っておく。これが炭酸ガスを腹の中に閉じこめておくための、基本中の基本なのです。しかし、あやつときたら……」

老紳士は、呆れ顔でつづけて言った。

「女性たちにチヤホヤされて、それを怠ったようです。すなわち、ビールのほうも、すっかり気が抜けてしまっておったというわけです」

「それじゃあ、いまお弟子さんのお腹の中にあるものは……」

「重たいだけの、単なる余計な代物ですよ」

ケイ紀

ハイキングに出かけたときのことだ。

見晴らしのよい山道を歩いていると、ふと、道からそれたところにたくましい身体つきの男たちが集まっているのが目に入った。こんなところで、何をやっているのだろう。そう思い、休息がてら足をとめた。

男たちの中心には、クレーンのようなものが組まれていた。彼らはその周りで、しゃがみこんだり立ちあがったりしながら議論をしている様子だった。見慣れない光景になんとなく興味を惹かれ、私は近づいて話しかけてみることにした。

「何をやっているんですか」

そう聞くと、男たちはこちらに気がつき振り返った。

「調査をやっているのですよ」

その中のひとりが、答えてくれた。「ボーリング調査を行って、このあたりのことを調べているのです」

「ボー、なんですって？」

「ボーリング調査です。地面をくりぬいて地下のことを調べる手法のことでしてね」

男が言うと、組まれた機械が音を立て、何やらゆっくり地上にあがってきた。円柱型の、太くて透明なパイプだった。中には土が詰まっている。

「こうしてとれたサンプルをもとにして、地質を調査するわけです」

「ははあ、なるほど。それで、このあたりはどんな土地なんでしょう」

「まあ、お待ちください。それをこれから調べるのです……おっ！　来ましたよっ！」

男は大きな声をあげ、徐々にあがってくるパイプの方に近寄った。不思議なことに、パイプに詰まった土の色は、途中から茶から白へと変わっていた。

「いやあ、やりました！　予測的中！　よかった、よかった」

「へぇぇ、何だか変わった地層ですねぇ。白い地層なんて初めて見ましたよ」

私が洩らすと、男は意外そうな顔をした。

「ということは、この地層のことを、まだご存知ではないのですね？」

知っていて当然というような言い方に、私は思わず苦笑した。

「そりゃあ私は専門家じゃありませんからねぇ」

「いえいえ、これはあなたにも馴染みのあるものですよ」

「といいますと……？」

「これはですね、ケーキ層と呼ばれる地層なのです」

「はい？」

「ケーキ層です」

耳を疑って聞き返しても、男は同じ言葉を繰り返した。

「ケーキ層……？」

「ほら、地層をよく見てくださいよ。白い層のあいだに、薄い黄色の層が挟まっているでしょう？　白いほうが生クリームで、黄色いほうがスポンジです。これを皿に盛りつければ、ケーキの完成というわけですよ」

「なんですって？」

にわかに信じられなくて、反射的に口にした。

「からかうのは、よしてくださいよ。ケーキが地面の下から出てくるわけがないじゃないですか」

笑い飛ばすと、男は至ってまじめな顔になった。

「それが出てくるのですから、そう言うよりほかありません」

言葉を失う私をよそに、男はつづけた。

「ご存知ですか、カンブリア紀とか、白亜《はくあ》紀とかいう時代のことを。この層は、そのたぐいの『ケイ紀』と呼ばれる時代に積もった甘い地層なのですよ。我々は、各地に点在するこの層のことを調査して、掘削《くっさく》している業者でしてね。たとえば、いま見つかったこのケーキ層のほかにも、場所によってはチョコレートや、抹茶でできた地層が出てくるところもありまして。どこにどんなケーキ層が埋まっているのかを調査するのが、我々の役目なのです」

「そんな、ばかな……」

「そして、調査の末に十分に採算の見こめる層だと判断されれば、本格的な掘削作業に乗りだします。露天掘りが、一般的なやり方ですね。地面を重機で掘りかえし、ケーキ層まで到達させます。あとはシャベルの代わりに巨大なナイフを取りつけた特別な機械で切りだして、トラックに積んで工場に運んでいくのです。その工場でさらに小さく分けられて、各地のケーキ屋さんへと卸《おろ》されていくわけです」

「……それじゃあ、ケーキ屋さんに並ぶケーキは、地下から掘りだされているとでも

「……？」

「ええ、そうです。もちろん、手作りのものもあるにはありますが、市販のケーキの多くは太古の産物から成り立っているということです。ちなみに手前味噌ではありますが、我が社は国内シェアの七割をほこる業界トップの会社でしてね。海外事業にも乗りだしておりまして、現地の会社と手を組みながら一緒にケーキを掘削しているのですよ」

私は、ただただ唸るばかりだった。まさか、自分の食べているものが、そんな方法で作られているとは思ってもみなかった。

「……そのケーキ層というものは、枯渇《こかつ》したりはしないんでしょうか？」

気がつけば、そんな心配が頭をよぎっていた。

「警鐘を鳴らす人もいるにはいますが、もしそうなるとしても、それはずいぶん先の話ですから今は気にする人は少ないですね」

「大丈夫なんですか……？」

とたんに不安になった私に、男は言う。

「いずれは対策が必要になるでしょう。ただ、残念ながら今はまだ、そういった風潮はほとんどないのが現状です。いつかなくなることは分かっていても、今すぐにケーキの掘削をやめるわけにはいきませんからねぇ。急に供給を中止したりすれば、世の中のケーキ好きが黙ってはいないでしょうし、暴動だって起きかねません。それでしたら、掘削をつづけながら徐々に対策を考えていくよりほかないでしょうね」

行く末を考えるとももやもやした気持ちも残ったけれど、自分もケーキの恩恵にあずかっている側の人間なので言葉に詰まってしまった。

その問題はさておいて、と男は言った。

「掘削をしていると、ときどきおもしろいものが見つかることがありましてね。あなたにも、ぜひ見てもらいたいものですよ」

「おもしろいもの……？」

「化石です」

「ははあ、当時の生き物のですか？」

「それもありますが、もっと変わったものが出土するのですよ」

私が首をかしげていると、男は言った。

「それはですね、フォークの化石です」

「フォーク⁉」

「正確に言うと、原始的なフォークのようなもの、といったところでしょうか。ケーキ層の恩恵にあずかっていたのは、何も我々現代人だけではなかったのだということです」

「それじゃあ、まさか……」

「ええ、人類の祖先たちが、地層を掘り返して食べていたのでしょう。そのときに残されたフォークが、時をへて化石となって出土することがあるのです」

「人類の甘いもの好きは、昔からのことなんですねぇ……」

私は遥か古代の人々のことに思いをはせ、なんだか神秘的な気持ちになった。いつだって人類は、自然の恵みにあずかってきたのだなぁ。そう考えると、感謝の念がこみあげた。これからは、ひと口ずつ、ありがたく食べなければいけないなぁ……。

そんなことを考えているうちに、ふと、私は唾液があふれてきていることに気がついた。そこで、図々しいのは承知の上で男に向かって切りだした。

「ところで、どうでしょう。私もその恩恵にあずかってみたいのですが……」

ぽかんとする男の様子がもどかしく、私はこう言い直した。

「なんだかケーキの話をしていたら、ケーキが食べたくなりまして……。味見をさせてもらえると、うれしいなぁと……」

「そういうことでしたか。構いませんよ。ちょうど我々も、調査のプロセスで味見をすることになっていますから」

「ほんとですか！」

いいおやつが手に入るぞと、私は小躍りをした。

「それじゃあ、準備にかかりますか」

男はいったん、作業に戻っていった。

ほかの人たちと連携しながら、地上に出てきた長いパイプを慎重に地面に横たえる。そして、地層の下のほう、白くなっているケーキ層のあたりに機械を当てて切断した。転がり落ちた二十センチほどのパイプの中身を皿の上にそっと押しだすと、ホールケーキが現れた。

「切り分けをしますから、ちょっと待っててくださいね」

しばらくすると、私の前に小皿にのったショートケーキが差しだされた。とりたての新鮮なケーキを食べる機会なんて、そうそうあることじゃあない。そんなことを思いながら、ケーキをゆっくり口に運んだ。

「うまいですねぇ！　フルーツがのっていないのに、こんなにうまいなんて！」

感激して、私は大声で言った。

「ははは、よかったです。もうひとつ食べますか？」

お言葉に甘えて、おかわりをした。

「甘いものは別腹とは、言い得て妙ですね」

調子にのって、ぱくぱく食べる。

と、そのときだった。刺したフォークに、何やら固いものがぶつかって、私はあっと声をあげた。

「どうかされましたか？」

私の異変に気がついて、男が言った。

「ケーキの中に何かが入っているようですが……」

「本当ですか？　ちょっといいですか」

私がケーキを手渡すと、男はフォークで丁寧にケーキを切り開いていく。

「あ！」

瞬間的に、男は叫んだ。

「これは珍しい！」

目を輝かせる男に興味を惹かれ、私はそれをのぞきこむ。

「何が出てきたんでしょうか……？　もしかして、先ほどおっしゃっていたフォークの化石ですか？」

「もっと貴重なものですよ」

男は慎重に周りのケーキを取り除いていく。最後に生クリームを刷毛《はけ》できれいにぬぐい去ると、平たい板が現れた。

「これは……」

見ると、その板の表面では妙な絵柄がクネクネと踊っていた。

「……何か書かれているようですねぇ」

困惑して尋ねると、男が言った。

「これはですね、フォークと同じ、人類の祖先が残した痕跡なのです。めったに出土しないので、大変な幸運ですよ！」

興奮気味に、男はつづける。

「昔の人たちも、ケーキで誰かを祝福していたという確固たる証拠なのですよ。今も昔も、人がやることには大差がないということですね。もちろん、良い意味で」

微笑む男に、私は言った。

「これはいったい……?」

「古代人の名前が入った、ネームプレートの化石です」

二枚目の

高額のバイトがあるからと知人に紹介されて訪れたのは、場末の雑居ビルだった。

「お待ちしていましたよ」

エレベーターを上がった一室から出てきたのは、白衣をまとった初老の男。

「この度はご協力いただけるということで、ありがとうございます」

男は頭を下げながら、おれを中へと引き入れた。

いきなり、奇妙な光景が飛び込んできた。

科学実験でもしているのだろうか。壁際には、液体で満たされた円柱状のガラスケースがいくつも並べられていた。中にはぺらぺらの何かが入っていて、ぽこぽこと泡が上がっている。培養《ばいよう》、という言葉が頭の中に浮かんできた。

奥の椅子に腰かけると、男はすぐに言った。

「さっそくですが、口を大きく開けていただけますか。依頼の前に、適性を検査させていただきます」

おれは何をされるかよく分からないまま、言われた通りに口を開けた。男は平たい棒で舌を押さえつけながら、医者がするように光を当てて口の中を眺めまわした。

「良好ですね。では、処置を開始しますから、そのまま口を開けておいてください」

おれは急な展開に心の準備がついていかず、慌てて言った。

「あの、これから何をされるんでしょうか。じつは仕事の中身のことは詳しく聞いていないんです」

「結構」

男はつづける。

「なに、大したことではありませんよ。あなたには、しばらくのあいだこれを貼っておいていただくだけですから」

そして壁に歩み寄り、並んだガラスケースのひとつからピンセットを使って先ほどの薄い何かを取りだした。

「なんです、それは」

「細胞シートですよ」

「サイボウシート……？」

聞き慣れない言葉に、おれは困惑した。

「ええ、ヒトの細胞でできたシートです。これを貼らせていただくわけですよ、あなたの舌に」

「シートを舌に……えっと、ブレスケアの実験でもやるんでしょうか」

「そういうのとは違います。まあ、やってみれば分かりますよ」

男の言い草に、おれの中で不安が広がった。

と、男は気持ちを察したのだろう。

「ご安心ください。安全は保障しますから」

おれはいったん、間合いをとろうと試みた。

「いまいち全体像が見えてこないんですが、本当に大丈夫なんでしょうか」

「大丈夫です。なにも、あなたが最初の被験者ではないんですから。知人の方も問題なかったでしょう？」

「まあ、たしかに……では、何のバイトなのか教えてくださいよ」

「それはですね」

男は一呼吸おいて、

「舌を養殖してもらうというお仕事です」

唐突すぎて、まったく意味が分からなかった。

「……どういうことでしょう」

「細胞シートを培養して、舌を育ててもらうんですよ」

まだきょとんとしていると、男はつまんだシートをそよがせた。

「この通り、今は単なる薄っぺらのシートに過ぎないものですが、これが口の中で少しずつ大きくなって、やがて舌へと成長していくんです。

手順はこうです。まず、これをあなたの舌に貼らせてもらいます。はじめは違和感があるでしょうが、すぐに慣れます。シートはぴったりくっついて、あなたの舌と運命共同体になる。いつでもどこでも一緒になってクネクネ動くわけですね。

やがて時間がたつうちに、シートはだんだん変化します。動き回るうちに徐々に鍛えられて、肉厚になってくるんです。それと同時に、シートの細胞にも変化が現れはじめます。細胞ひとつひとつに役割が生まれてくるんですよ。中でも重要なのが、味蕾《みらい》という器官の発達です。味蕾は味を感じる器官なので、これができると舌に味覚が生まれます。本格的な養殖舌の誕生です。

そして、このあたりの段階に差しかかると、もうひとつ大きなことが起こります。それまであなたの舌と行動をともにしていた養殖舌は、先の方から次第に剝がれはじめるんです。しばらくすると養殖舌は独立し、あなたの舌とは別個のものとして動きだす。根っこだけが、つながったまま」

おれはその光景を想像して、気分が悪くなった。自分の意思とは関係なくウネウネと動く、もう一枚の舌……。二枚舌、という慣用句が頭をよぎった。

「ここまで来ると、養殖舌に与える食事も考えていかねばなりません。独自に成長した舌の味蕾が、自分の好みの味を求めだすんです。つまりあなたには、養殖舌の望むものを存分に与えていただくことになります。舌が何を欲しがっているのかは育てているうちに分かります。好きなものは味がなくなるまで離しませんし、嫌いなものは舌もつけずにあなたの舌に押しつけるようになりますからね。とにかく、養殖舌には好きなものを堪能させてやってください。もちろん、食事代はバイト代に上乗せして支給させていただきますし、予算に上限はありません」

冗談みたいなことを真剣に話す男に、おれは妙な気分だった。

しかしまあ、ウソかどうかはやりさえすれば分かるから、ここでは本質的なことじゃない。一番大事なポイントは、仕事を受ければうまいものが食い放題だということだろう。

そう考えてニヤついたけど、いや待てよ、とすぐさま自分でブレーキをかけた。うまいものは養殖舌が味わい尽くして、おれの舌はそのおこぼれにあずかるだけということかもしれないぞ。もしそうならば、呑みこむ前に少しくらいは分け前をくれるといいのだが……。

いずれにしても、こんなにウマイ話はほかにない。すぐに承諾しようとしたが、ひとつだけ、思ったことを聞いてみた。

「大まかな流れは分かりましたよ。ですが、舌の養殖なんていったい何の役に立つんでしょうか」

「いろんなことに使えるじゃないですか。たとえば、医療。舌を患《わずら》う方のために、この仕事は大いに貢献できるというわけです」

なるほどなぁと納得した。

「そうそう、大事なことを言い忘れていましたよ。舌を養殖しているときは、くれぐれも口内炎《こうないえん》にだけは気をつけてください。あれにやられると、せっかく育った舌が枯れてしまいますから。ビタミン剤をお出ししておきますので毎日欠かさず飲んでください。舌に色がついて劣化につながるかき氷も、禁物です。それから、汚い言葉を吐きすぎるのも厳禁です。舌が毒におかされてしまいますからね。いかがでしょう。依頼を受けていただけますか」

「もちろんです」

断る理由がなかった。

その日から、新しい舌との共同生活が始まった。

養殖舌は、男の言った通りに育っていった。はじめはぺらぺらだった細胞シートも次第に厚さを増していき、やがて独自に動けるまでに成長した。

さすがに最初は、違和感にずいぶん悩まされた。なにしろ舌が二枚もあるのだ。呼吸の感じは前とは違っていたし、何より、人前で舌が見えないように、もごもごとしゃべらなければならないのは厄介だった。

その一方で、こと食に関しては贅《ぜい》の限りを尽くすことができた。あれほどお世話になっていた学食には興味もなくなり、コンビニ弁当とも無縁の生活。おれは高級レストランを次々と開拓し、最高の食材を惜しげもなく使った料理と酒に舌鼓《したつづみ》を打つ生活を繰り返した。もっとも、おれの舌が味わえるのは、そのおこぼれだけだったけど。

舌はどんどん肥えていき、さらなる絶品料理を求めて口の中で元気に動きまわった。その頃になるとおれはすっかり情が移り、舌の世話が楽しくて趣味のようになっていた。が、期を同じくして、おれはある悩みを抱えるようになった。どうしてか、ヒトとしゃべっているときに思いがけないお世辞や文句が飛び出すことが多くなったのだ。なぜなのだろうと考えるうちに、思い当たることがあった。これこそまさに二枚舌。舌が勝手に、おれから言葉を引きだしているに違いない。そう考えると納得できた。これは使いようによっては重宝するかもしれないぞとも思ったけれど、今のおれにそんな力は必要ない。いったいどうしたものだろうか……。

悩んでいるところに、あの男から電話がかかってきた。

待ち合わせに指定された場所は敷居の高そうな料亭で、雑居ビルを想定していたおれは面食らった。

「ここは、政府筋の方々もよく通うお店なんですよ」

座敷席に通されて早々、男は言った。

なるほど今日は、養殖舌の最後の仕上げにうまいものでも食わせてくれるのだろう。おれはひそかに期待を膨らませ席についた。

そしてその期待は、良い方向に裏切られた。出てきたのは、おれの想像をはるかに超えた絶品料理の数々だった。おれは大いに満足した。もちろん、養殖舌もご満悦の様子だった。

膳が下げられすっかり満腹になった頃。おれは、にわかに隣の部屋がざわつきはじめたことに気がついた。

と、男はそれに合わせるようにすっと立ち上がった。

「予定より、少し早いようですが」

予期していたかのような言葉に戸惑っていると、男は部屋の仕切りの襖のところまで歩いていった。そしておれが声をかけるよりも先に手をかけて、襖をすぅっと開いていった。

現れた光景に気圧《けお》されて、思わず後ずさってしまった。

そこには和服を着た、白髪まじりの貫録ある男たちが膳を前にあぐらをかいていた。

その顔にも見覚えがあった。テレビでよく見る政治家だった。

「エンマくん、待っていたよ。仕入れの方は大丈夫なんだろうね」

上座《かみざ》の男が言った。エンマと呼ばれたのは、先ほどまで一緒にいた男だった。

「もちろんでございます。本日も極上のものをご用意させていただきました」

エンマの口調は、先ほどとは打って変わって丁重なものになっていた。そして、おれの方を指差し言った。

「この若者がそうでございます」

突然のことで、ぎょっとした。事情がつかめていないところに巻きこまれ、混乱はますます加速していくばかりだった。

場の雰囲気に圧《お》されながらも、おれはやっとのことで尋ねてみた。

「いったい何が……？」

「先生方をお待たせするのもアレなので、あとで説明しますよ」

エンマはこそっと耳打ちした。

「あとでって……」

「しっ、声を落として」

「なんだ、何も話していないのか。きみにしては段取りが悪いんじゃないかね」

上座の男が、おごそかな声で言った。とたんにエンマの声が震えだす。

「も、申し訳ありません。後ほどきちんと……」

「いったいどういうことなんでしょうか」

おれは思い切って声をあげた。

「エンマくん、教えてあげなさい。この調子をつづけられては我々も楽しめん。ただし、手短にな」

エンマはすっかり恐縮した様子で、ぺこぺこ頭を下げながら言う。

「あなたの養殖舌のことですよ」

「……これがどうかしたんですか」

「使い道のことで、まだ言ってなかったことがあるんです」

「医療に使うんでしょう……？」

「それは表向きの話です。本当の使い道は、別にあるんですよ」

「聞いてないですよ」

「言わなかったんです。本当のことを話すと気味悪がって断る方もいらっしゃいますからね」

「それじゃあ、いったい何の目的で……？」

「食すためです」

おれは目を見開いた。

「そんなに驚くことではありませんよ。あなただって、牛タンを食べたことくらいはあるでしょう。あれと同じような話じゃないですか。いや失礼、牛タンと同レベルにしてしまっては美食家の皆様に叱られますね。人間の舌は、あれとは比べ物にならないほど美味なのですから」

「ほ、ほんとに舌を食べるんですか……？」

二枚の舌が絡まって、おれはしどろもどろになりながら言った。

「もちろんですよ。そのためにわざわざ巨額を投じて養殖したんですからね。

そもそも美食家のあいだでは、人間の舌を食べるくらいは昔から普通に行われてきたことです。しかし、です。昔ならいざ知らず、今の世の中、天然物の舌を食べるというのはさすがに非人道的だという声があがるようになってきましてね。おまけに天然物は数を確保するのも一苦労です。そこで舌の養殖という方向性が模索されるに至ったわけです。

研究がはじまった当初は、養殖物は食べられたものではありませんでした。ですが、最近では細胞シートの進歩もあって養殖舌は天然物に匹敵するようにまでなりましてね。それどころか、飼料にこだわり育ててやると天然物にも勝るほどの舌が実現できるようになったんです。それで今では、養殖舌は知る人ぞ知る人気食材になったわけですよ。

私は舌の養殖屋。お得意様のご依頼で、舌の成育から収穫までを請け負っています。それでエンマなどと呼ばれているんですよ」

「それじゃあこれから舌が抜かれて、ここで食べられるというわけですか……？」

おれは背筋が冷たくなった。

「ええ、しかし痛みも後遺症もまったく残りませんから安心してください」

そういう問題じゃないんだが……そう思っていると、上座の男が口を挟んだ。

「さて、そろそろいいかね。よだれがあふれていかんよ」

男たちは膳を前に身を乗りだして、威圧感が増していた。

「は、はい、ただいま」

エンマは小さな声で、おれに言う。

「噂が広がると何かと面倒なので、今しゃべったことはくれぐれも口外無用でお願いしますよ。でなければ、舌をもう一枚いただくことになりますから」

ひやりとして、おれは小刻みに何度もうなずいた。

そしておれは腹をくくった。ここまで来たら、なるようになれだ。紹介者である知人が無事なのを見る限り、エンマの言うように命に関わることもないだろう。

しかしひとつ、釈然としないことがあった。

「ひとつだけ、お聞きしてもよいでしょうか」

おれは上座の男に向かっておそるおそる尋ねた。

「何だね」

「どうして見ず知らずの人間なんかに舌を養殖させるのでしょうか。そりゃあ数を確保することはできないかもしれませんが、ご自身で育てられたほうが安心できるでしょうし、普段から良いものを食されているのでしょうから食費の面でも効率がよさそうなものですが」

自分の舌を食べるのは抵抗があるということだろうか。それとも、養殖自体がリスクを伴うものなのか。

考えを巡らせていると、男は歪んだ笑みを浮かべた。

「もともとはそういう考えもあったのだがね。しかしきみも体感したのではないかな、養殖舌の別の力を。我々は職業柄、舌をそちらの用途で使い分けるうちに、あいにく養殖にさける空間がなくなってしまったのだよ」

そのとき、周囲の男たちがいっせいに口を大きく開けた。

なるほど、政治の世界は二枚のそれでも渡っていけぬということか。

男たちの口の中では、無数の舌が蛇のようにクネクネ動き回っていて……。

チョコレート・レイディ

「近づかないで」

と、女は鋭い口調で言った。

「そこから先は、プライベートエリアよ。それに、表の看板が見えなかったの？　今日はもう店じまい。一人の時間を、じゃましないで」

「チョコレート・レイディ……」

男は、つぶやくようにそう言った。

二人のあいだに、緊張を含んだ空気が漂った。マホガニーのバーカウンターが艶やかな茶色い光を放っている。

女は、細い脚を組み替えた。

「そうよ、あたしはチョコレート・レイディ。チョコでできた、チョコ女。それがなにか？」

冷気の立ちこめる空間で女は自嘲気味に笑い、きらめくグラスを傾けてアルコールを流しこんだ。

しばしのあいだ、沈黙の時間が流れていく。

先に口を開いたのは、女のほうだった。

「……理由を知りたいってところでしょう？」

男は何も言わなかった。言うべき言葉が見当たらない。そんなように見受けられた。

「いいわ、教えてあげる」

女は開き直ったように言った。「お望みのことを、ぜんぶ。どうせもう、手遅れになったことだから。こうなったのは、自分のせい。ええ、すべてはあたしのせいなのよ」

グラスを置くと溜息をつき、女は一方的に語りはじめた。

「あたしの人生が狂いはじめたのは、ささいな日常からだった。あれからもう、三年もたってしまったのね。ごくごく平凡な人間だったあたしがこんなことになるんだから、人生、分からないものよ。

あのころのあたしは、ただの恋する乙女。と言ったら、ちょっと気どった言い方かしら。誰もがうらやむ素敵なヒトに恵まれて、とっても深い恋の海におぼれてた。

付き合いはじめて一年ほどは、すごく順調な恋だったわ。一年ほどは、ね。そう、歯車がくるいだしたのは、一周年の記念日を二人でお祝いしたころからだった。

彼の仕事が、だんだん忙しくなっていったのよ。会える時間も次第に少なくなっていって、会話の数も減っていって。それであたしたちは一緒に住みはじめることに決めたんだけど、それは根本的な解決にはならなかった。朝も夜もすれちがう日々に、あたしは一人の時間を持て余すようになっていった。でも、わがままなんて言うわけにもいかなくって。寂しい気持ちは積もっていくばかりだった。

それが、あたしをチョコへの偏食へと駆り立てたのよ。

知ってるかしら。チョコには気を鎮めてくれる効果があるってこと。もともと甘いものが好きだったあたしは、少しずつ、チョコの力に頼るようになっていったの。はじめのほうは、食事と食事のあいだにつまむ程度のものだった。でも、それは徐々にエスカレートしていった。食べるチョコの量が増えていくと、自然とご飯を食べられなくなっていって。それくらいなら、かわいいものよね。だけど、いちど転がりはじめた石は、止まることなくどんどん速度をあげていった。

当然、見かねた恋人からは注意を受けたわ。でも、言うだけ言ってすぐに仕事に行ってしまうヒトの言葉なんて、あたしの心には響かなかった。別に、仕事とあたしのどっちが、なんて言いたいわけじゃなかったわ。これでも一生懸命、彼のことを理解しようとしていたつもり。でも、頭と心はちがうものなの。あたしの食事のすべてがチョコに代わってしまうまで、そう時間はかからなかった。

そんなある日のことよ。身体の異変に気がついたのは」

女は饒舌《じょうぜつ》にしゃべりつづける。

「あの日あたしは、切らしたチョコを買いに行こうと家を出ようとしたときに、久しぶりに鏡の中の自分の姿を目にしたの。そこには顔中をチョコまみれにした、汚れた顔が映ってた。さすがにあたしもぎょっとして、拭い去ろうと服でごしごしやってみた。でも、おかしなことに、こすればこするほど、服はどんどん茶色に汚れていくの。

あたしは何かがおかしいと思いはじめて、何となく、手のひらに目を落としてみて驚愕《きょうがく》したわ。手のひらまでもが、うっすら茶色を帯びてるじゃない。慌ててあたしは、身体中をくまなく調べてみた。服でこすって次々とたしかめていったのよ。すると、信じがたいことが判明した。あろうことか、あたしの身体は、少しこするとどこも茶色く変色することが分かったの。

ああ、あたしはチョコ人間になってしまったんだ。

なぜだか、直観的にそう思ったのを覚えているわ。とてもありえないことだけど、一方で、心のどこかでそれを悟っている自分がいた。そうして実際、いろいろとたしかめていくうちに、残念ながらあたしの直観は当たってたことが証明されたわ。そう、あたしの身体の表面は、すっかりチョコになってしまっていたというわけよ。温めると溶けだして、冷やすと固まる、チョコレートに。

あとになって、どうしてこんなことになったのかって考えたことがあるの。いまも本当のところは分からない。けれど、あたしはこう考えてるわ。

すべての原因は、やっぱりチョコを食べ過ぎたことにあるんじゃないかって。チョコの鎮静効果にひたりつづけたあたしの身体は、細胞レベルでチョコを渇望するようになっていった。チョコが切れると禁断症状のようなものまで現れてたくらいのものだから、たぶん、それを回避するための自然な身体の変化だったんじゃないかしら。そう、あたしの脳は、チョコに飢えない環境づくりを自分の身体に命令した。つまりは、身体をチョコに変えてしまえって、そんな命令がくだったんじゃないかって思ってる。ヒトの身体は不思議なものだと聞くけれど、ここまでおかしなことが起こった例もなかなかないんじゃないかしら。

ともかくも、あたしはそれを悟ったとき、自分の中で何かが破裂するのを感じたわ。ぜんぶのことがイヤになって、衝動的に着の身着のままあたしは家を飛びだした。お忙しい、恋人さんを残したままね。

それからのあたしは熱い太陽を避けるように、夜の世界の住人になる道を選んだというわけよ。借金をして、このバーを開いたの」

女は不意に、マッチを取りだした。

「あたしがチョコ女だってこと、きちんと信じてもらえてるかしら？」

その問いかけに、男は首を縦にも横にも振らなかった。

「自分の目でしっかり見れば、少しは分かってもらえるんじゃないかと思うけれど」

ぼっと音がしたかと思うと、マッチに赤々とした炎がともった。女は、左手の薬指を熱で炙った。指の先から茶色い雫《しずく》がぽたぽた垂れる。男は目を見開いた。

「ね、言ったとおりだったでしょう？　これは、れっきとしたチョコレート。もちろん、食べることだってできるんだから」

女はそれを、艶っぽく口にくわえた。

「いつからか、あたしはここで、特別なお客様にだけ自分で作ったチョコを出すようになった。あたしの身体から溶けだした、どこまでも深い茶色い液体。それを、ハートの型に入れて固めてみたりなんかして。お客様の反応は、すこぶるよかったわ。どうやって作ってるんだって、聞かれることも多かったわね。あたしの身体はチョコを補給しつづけていれば溶けても再生するって分かったのも、そのころの話よ。

それから、チョコレートフォンデュって、知ってるかしら。イチゴやキウイみたいなフルーツを、溶かしたチョコで包んでしまうアレのこと。あたしのチョコレートフォンデュは、すごく人気の裏メニューなの。甘いものから酸っぱいものまで。どんな素材だって、あたしのチョコにかかれば、よりいっそうの輝きを放ちだす。そう言って絶賛してくれるヒトが、あとを絶たなかった。

そんなことをつづけるうちに、いつしかあたしの出すチョコを口にすると恋が成就するなんていう噂がたって。それを聞きつけた女性客が、チョコを求めてたくさんやってくるようになったのよ。皮肉なものよね。自分自身は恋人どころか近くに人がいるだけで溶けだしてしまうバケモノになってしまったっていうのに、ヒトの恋のキューピッド役をやってるなんて。哀しいくらいに笑えてくるわ。

そのころからよ。あたしが、チョコレート・レイディという名前で呼ばれるようになったのは。でも、まさか、それがあなたの耳にまで届くようになるなんて思わなかったわ」

女は大きく溜息をついた。

バーの中は、ふたたび深い沈黙に包まれた。

次に口を開いたのは、男のほうだった。

「きみが家を出て行ったのには、そういうわけがあったのか……」

男のその口調には、まだ少し戸惑うような響きがあった。

「少しは納得してもらえたかしら」

女は突き放すように言った。「これで気が済んだでしょ？　それならもう、あたしのことは放っておいて。そして二度と、ここには来ないで」

気まずい空気がたちこめる。

しばらくすると、男は言った。

「……ずっと探しつづけてきたんだ。きみがいなくなってから、これまでずっと。今でも、あのときのことを後悔してる。もっとちゃんときみと向き合っていたらって、何度思ったことか分からない。もし今からでも間に合うのなら」

「もういいの。すべては終わったことなのよ。あたしはここで、チョコレート・レイディとして生きる道を選んだの。あなたの人生とは、まったく関係のないところでね」

少しのあいだ、二人は黙ってお互いの目を見つめ合っていた。

女の瞳に、哀しげな影が横切ったかと思った刹那だった。男は女の手をつかみ、ぐっと自分のほうへと引き寄せた。女はカウンターから引きはがされて、男のほうにつんのめった。

「ちょっと、なにするのよ」

抵抗する細い肩を、男は強く抱きしめた。腕の中で、女はもがいた。しかしそれも、束の間のことだった。

やがて女は動きを止めると、ぽつりと言った。

「こんなことして、きれいなスーツがチョコまみれになっちゃっても知らないわよ……」

そう言いながら、男の背へと女はゆっくり手を回した。

「……ばかなヒト」

言葉とは裏腹に、声には甘えるような響きがあった。

体温で少しずつチョコが溶け、男の服は茶色に染まっていく。そんなことは気にもせず、男は言った。

「甘いものには、もともと目がなくってね。それに、きみの話を鵜呑みにすれば、チョコまみれになるというのも、なかなか素敵そうなことじゃないか」

「……素敵そう？」

女は首をかたむける。

「ほら、さっき自分で言ってただろ？　きみのチョコで包んだ素材は、どんなものでも輝きだすって」

それならと、男はそっとささやいた。

「いっそこのまま、きみでフォンデュになるのも悪くはないさ」

信号木

ぶううん。

と、突然、音がした。なんだろう、と、おれは反射的に目をやった。

ぶうううううん。

頭上を仰ぐと、音の正体はすぐに判明した。道端の信号機に登った作業員風の男。そいつが、チェーンソーを唸らせていたのだった。

「おっかないなあ。落ちてきたりでもしたら、スパナどころの騒ぎじゃないじゃないか……」

それにしても、こんなところに信号なんてあったっけ。

そんなことを思いながら、おれはさっとそばを離れた。せっかくの朝の散歩を邪魔されたような気分になって、ヘルメットをかぶった男を見ながらぶつくさ文句をたれた。

「でも、あんなものを振りかざして、いったい何をやってるんだろう……あっ！」

次の瞬間、信号の支柱から先が断ち切られ、落下してきたから驚いた。

「危ないっ！」

おれは思わず目をつぶり、耳をふさいだ。しかし、不思議なことに音はほとんど響かなかった。まるで柔らかいものでも落ちたように、ぽんと音がしただけだった。

どういうことだと、おれは落ちた信号にしげしげ見入った。そして、残された柱のほうへも目をやった。

と、男がするすると降りてきて、落ちた信号をひょいと持ちあげた。男はこちらには一瞥もくれず、何事もなかったかのように歩きはじめたから慌てて止めにかかった。

「すみません！　ちょっと待ってくださいよ！」

おれは、立ち去ろうとする男に向かって声をかけた。その不可解な作業のことが、無性に気になったのだった。

男はこちらを振り返り、自分に声がかかったのだと気がつくと怪訝そうな顔をした。

「なんでしょうか」

そっけなく、言った。

「いや、その、何の工事なんですか、こんな朝早くから……」

作業員の人たちが、電柱に登って工事をしている姿というのはよく目にする光景だ。

でも、信号をいじっている光景はこれまで見たことがなかったし、ましてや信号を切り落としている現場に遭遇したのは初めてのことだった。

「何って、収穫をしていただけのことですが」

「収穫……？　いったい何を？」

頭の中に、疑問符がぷかぷか浮かぶ。

「見てのとおり、信号をですよ」

男は、さも当然といった風情で答えた。

「……信号を？」

おれは意味が分からずに、ただただ男の言葉をオウム返しに口にしたのみだった。

収穫。信号。二つのものの関連性が、まったく見出せなかった。

「すみません、信号を収穫するとは、いったい……」

「なるほど、あなたはご存知ではないんですね」

「何をです？」

「シンゴウキのことをですよ」

「信号機？　そりゃ当然知っていますが……」

「その様子だと、どうやら知らないようですねぇ」

「何をです？」

「シンゴウキのことをですよ」

「ですから、知っていますよ、それくらいは」

「やっぱり、知らないようだ」

おれは男と堂々めぐりの会話をつづけた。何が嚙み合っていないのだろうと思った矢先、男が言った。

「シンゴウキ、と言っても、人工のやつのことじゃあないですよ。自然に生える、樹木の一種。信号の木のことを言っているんです」

「木ですって？」

唐突な話に、おれは目を丸くした。

「どういうことでしょう……」

「いま言った通りです。信号木という樹木があるんですよ」

「ほんとうですか？」

「もちろんです。そしてこれが、その実です。中には豆が入っています」

「実⁉」

男は、両手に抱えた信号をひょいと掲げてみせた。おれの頭は、激しいめまいに襲われはじめた。

たしかに信号は、サヤ豆の形に似ていなくもない。でも、それはあくまで形だけの話だ。それが実だなんて、あまりに飛躍しすぎた話だった。

「……それじゃあ、あなたは信号が植物だとでも？」

「さっきから、そう言っているじゃありませんか。まあ、知らなかったのなら、すぐには信じられないでしょうから同情しますけどね。これが木である証拠をお見せすれば、少しは分かってもらえるんじゃないかと思いますよ」

そう言って、男はさっきの柱に近寄った。懐からナイフを取りだして、刃をあてる。刃こぼれするのがオチだろう。瞬間的にそう思ったおれの前で、柱にあっさり傷がついたから肝をつぶした。さらにそこから黄色い液がにじみ出てきたものだから、余計に驚いた。

「これはいったい……」

「樹液ですよ。こうしておくと、夜になるとカブトムシなんかが舐めにきましてね」

信じられず、おれも柱に近づいた。おそるおそる、指でさわる。ねっとりとした液体が絡みつく。まさしく樹液と呼べる代物だった。

「そんな、ばかな……」

「多くの人は、信号にぶつかった経験こそあっても、傷をつけてみたことなどはないでしょう。だから、信号が植物だと気がつくこともほとんどない」

おれは未だに男の話を消化できず、半ば叫ぶように言った。

「めちゃくちゃな話じゃないですか！　だって信号は光るんですよ？　そんなものが、植物であるはずがないじゃないですか！　それじゃあ、なんですか、信号が自然界に存在してるとでも言うんですか!?」

「その通りです。自然界にだって、光るものはたくさんあるじゃありませんか。クラゲが光って、木の実が光っていけない道理なんてありません」

「いや、まあ、それはそうかもしれませんが……」

すぐに反論されて言葉に詰まったおれに、男はかぶせるように言う。

「それにあなたは、どうも勘違いをされているようですね」

「勘違い？」

「信号が自然界にもある、という表現は間違いです。正しくは、信号が人間界にもある、です」

「なんですって？」

「人間が作る信号機というものは、もともとは自然界にある信号木を模倣して作られたものなんですよ」

耳を疑いたくなるような言葉だった。

「身近なものの謂れや起源を知らないというのは現代人の病気みたいなものですから、まあ、あなたが知らなくとも無理はありませんがね。

信号木は、本来は深い山奥でひっそりと自生している植物です。そしてそこで、自然界の動植物たちの交通整理をして、森の安全を守っているのです。それを人間が見つけだし、原理を応用して作られたものが人工の信号機というわけなんです」

男は語りつづけた。

「しかし、最近の気候変動で、信号木は下界のほうへと徐々に進出してきていましてね。山奥に行かなくとも、その貴重な姿を町なかで拝めるようになってきているんです。

ほら、やたらと信号が多いところや、なんでこんなところに作ったんだろうと疑ったりするような信号なんかがあるじゃないですか。ああいったものは、信号木である可能性が非常に高い」

「ですが、信号が育っているところなんて、見たことがありませんが……」

「信号木の幹は電柱に似た色をしていますから、気がつきにくいだけですよ。それに、その生長スピードも驚異的なんです。ジャックと豆の木さながらで、すごい速さでぐんぐん伸びて、すぐに小さく白い花が咲く。それがさっと散ると実がなって、灯りがともる。気がつけば、しっかり人間様の交通整理に従事する立派な信号木になっているわけです。

ちなみに、信号木には個体差があって、それを愛でるのもおもしろいものでしてね。メンデルの法則に基づいて、じつに多様な組み合わせの実が現れるんです」

「メンデル？」

「遺伝の法則のことですよ。それに則って、信号の色も微妙に異なっていましてね。同じ赤でも、明るいものから暗いものまで、いろいろな色があるんです。それから、赤、青、黄色、それぞれの光がともっている時間というのも、個体によってまちまちです」

「ははあ……」

おれはもはや、唸ることしかできなかった。

「しかし、一番強調すべきは見た目のことではありません」

「まだほかに何かあるんですか」

あっぷあっぷになっていた。

「信号の実のサヤの中には、当然ながら三つの大きな豆が入っています。熟し切った豆は地面にぽとんと落ちて、子供たちがボールにして遊ぶことで遠くへ運ばれてまた芽を出すというわけですが、その豆というのが、じつに絶品なんですよ。特に、熟し切る前のものが最高にうまい。本来ならば、それを味わうためには山奥にまで入って行かねばならないんですが、こうして都会に生えるようになってくれたおかげで、ラクに手に入るようになりましてね。私が収穫した、この実のように」

男は、信号を軽く持ちあげて言った。

「どうでしょう、少しは分かってもらえましたかね。私のやっていた作業のことを」

おれは、気の抜けたような返事をかえすので精一杯だった。

知られざる自然界の秘密にふれた、というところだろうか。でも、信じ切るには、どうしても最後のところでモヤモヤしたものが消えなかった。

男はそれを見抜いたのだろう。

「これも何かの縁です。ひとつ分けてあげますから、食べてみればいいですよ」

そう言って、持っていた信号を開くと中から赤いものを取りだして、おれのほうへと渡してきた。腕の中で、それは赤く光ったり消えたりを繰り返した。

「……どうやって食べればいいんでしょうか」

尋ねると、男は言った。

「大鍋で茹でて、塩を少々かけて食べるのがおすすめですね。山椒《さんしょう》と合わせてもうまいです」

「なるほど……」

「気が済んだなら、そろそろ私は行きますよ。帰って早く食べたいですのでね。それでは」

そう告げると男はおれの返事を待たずして、すたすた去って行った。

家に帰ると、おれは途方に暮れた。

食べ方を教えられても、こんなもの、本当に食べて大丈夫なのだろうか。でも、捨てるというのも、なんだか惜しい。かと言って、飾っておくのもちがうだろう。どうしたものか……。

「庭にでも埋めてみるかあ」

思案した挙句、おれはそうすることに決めた。うまくいけば、男の言っていた通りに芽が出るはずだ。庭に信号のある家なんて珍しいだろうから、それも一興と考えたのだった。

果たして豆は翌日には芽を出して、太さを増しながらぐんぐん育っていった。おれはそれを、驚きながらも興味を持って見守った。

「白樺の樹皮をキメ細かくしたみたいな木なんだなあ」

翌々日には見上げるほどの高さになった幹の横から、一本だけ、枝が直角方向へと伸びだした。その先っぽに花が咲き、すぐに枯れた。

「おお、実がなった！」

不思議なもので、実物を目にしたとたんにモヤモヤした気持ちは消え去って、自然の神秘を感じる自分がそこにいた。庭になった立派な信号の実を眺め、おれはひとり悦に入った。

しかし、喜んでいたのも束の間だった。近所からの苦情が相次いで、おれは困り果てることになったのだ。

問題は、枝が伸びた方向だった。それは垣根を越えて、家のほうとは逆方向——道路のほうへとはみだしてしまっていた。

それだけならば、まだよかった。一番悪かったのは、信号の実の光り方だった。メンデルの法則とやらを恨めばいいのかは定かでないが、青になったと思ったら、すぐ赤になる。そんな実がなってしまったのだった。

おかげでいま、我が家の前には大渋滞がつづいている。

日の出

言ったでしょ、とっておきの穴場があるって。この丘からなら、とってもきれいな朝陽を見ることができるのよ。それも、とびきり変わった素敵な朝陽がね。初日の出を拝むには、うってつけの場所でしょう?

陽が昇るまで、あと少し。それまでに、この町の秘密をあなたに話しておかなきゃね。梅干しにまつわる、不思議な話。

そんなにきょとんとしなくっても。いきなり話が逸れすぎたかしら。でも、関係のある話だから、ちゃんと聞いてほしいのよ。

梅干しにも、いろんなものがあるわよね。甘いものから、酸っぱいもの。ふやけ具合も様々で、地域ごとに全然ちがったものになる。もっと言えば、家によって代々受け継がれてきた独自のものもあったりね。

もちろん、あたしの家にも先祖代々伝わってきた梅干しがあって。おばあちゃんやお母さんと一緒になって、毎年作るのが習わしなの。いいえ、うちだけじゃないわ。この町のすべての人たちが、おんなじようなやり方で、毎年、梅干しを作るのよ。それがとっても変わった代物なの。ほかのどこでもお目にかかれない、世にも珍しい梅干しよ。

秘密は、その作り方。

ふつうの梅干しって、どうやって作るか知ってるかしら。完熟梅を塩漬けにすると、梅から水分が抜けだして梅酢ができる。次に梅を瓶から取りだして、二、三日のあいだ日光にたっぷりさらしてあげるの。それを瓶に戻せば、梅干しの完成というわけよ。場合によっては、赤紫蘇を入れて色づけしたりもするものね。

ここで一番肝心なこと。それはね、梅を天日にさらすってところなの。

梅干しには、梅を干すって言葉のとおり、太陽の力が欠かせなくって。日の光を浴びせると、風味が豊かになったりするの。言い換えるなら、太陽の力しだいで梅干しの性質自体も大きく変わってしまい得るということね。

この町の梅干しがほかとちがうのは、朝陽だけに浴びせて作るという点よ。

ほら、ひと口で日光といったって、性質のちがういろんな光があるじゃない。その中で、朝陽はとくべつな力を持ってるの。暗い闇を照らしだす、希望の光明。朝陽を浴びると、心の芯からふつふつ力が湧いてくる……。

それにさらされつづけた梅には、不思議な変化が起こるのよ。

この町の梅干し作りがはじまるのは、早朝から。夜明け前に起きだして、かじかむ手をすりあわせては梅酢の中から梅を取りだす。それをザルに並べていって、今か今かと日の出を待つ。ようやく日が昇ったら、およそ二時間、たっぷり光を吸わせてあげるのよ。その作業を毎日つづけていくうちに、梅が輝きはじめるの。ベールをまとったように、うっすらと。

そこからさらに日がたつうちに、光はどんどん強くなる。まるで中に小さな太陽が入りこんで、内から果肉を照らしているかのようにね。そのうち梅は、自然と色づきはじめる。だんだん赤くなっていって、やがて紅色に染まり切る。本物の朝陽と見紛うばかりの、深い深い紅色に。

ただ色づくだけじゃあないわ。紅に染まったものから順に、ゆっくり宙へと浮かびだすの。放っておいたらそのまま天に昇っていっちゃうものだから、そうなる前につかまえて、壜に戻してあげる必要があって。勝手に飛んでいってしまわないように、重石《おもし》でしっかり押さえてあげることも必要ね。これでようやく、梅干しの完成。とっても手間のかかる作業なの。

梅干しを食べたくなったなら、重石を少しずらしてあげればいいわ。すると隙間から、光り輝く深紅の梅干しがゆっくり宙へと昇ってくるの。あたりがぱあっと明るくなって、青い影がすーっとうしろに伸びていく。本物のご来光を拝んでるようで、とっても厳かな気持ちになる。

あたしはいつも、昇ってくる梅干しに向かって目を閉じて、願いをかけるの。いつまでも、元気でいられますようにって。そして天の恵みに感謝して、ありがたくいただくの。そうすると、まるで朝陽を身体の中から浴びてるみたいに身体がぽかぽかしはじめる。じんわり心に光が差しこんで、明るい気持ちにもなってくる。

ほら、あなた、あたしの明るいところが好きだって言ってくれたでしょう？　本当は、あたしだって人並みに落ちこむことくらいたくさんあるわ。でも、あの梅干しを食べると、また前向きな気持ちになれるのよ。もちろん、あたしだけの話じゃなくって。この町のみんながみんな、明るく笑って暮らしていけるのも、すべては梅干しのおかげさまなのよ。

さあ、ずいぶん空が明るくなってきた。もうすぐ夜が明けそうね。

それじゃあ、本題に移ろうかしら。どうしてこんな話を、いま持ちだしたのかってことだけど。

あたしの町の家庭では、食べたあとの梅干しの種を、きちんと洗って取っておくという習慣があるの。そうしてそれを一年に一度、お正月の朝に空へと放つのよ。

この丘を選んだのは、単に見晴らしがいいからってだけじゃないわ。じつは、町全体を見渡せる場所でもあるの。

そろそろ朝陽が昇ってくる。

ほら見てよ、小さな光が見渡す限りに昇ってきた。あれは全部、この町で作られた梅干しの種。元気でいられるようにって、みんなの願いがたっぷりこめられたね。

知ってるかしら。梅干しの種が、天神《てんじん》様って呼ばれてるってこと。たくさんの願いを背負った天神様が、こうして天へと願いを届けに帰っていくというわけよ。なかなか素敵な光景でしょう?

それからね、あなたにぜひ見せたかったものが、もうひとつ。

今日ばっかりは、多勢に無勢。無数の小さな天神様が、いつもと逆に、お天道様に朝陽を浴びせる側に立つ。つまりはね、ひと足先にあがった種たちが、太陽のほうを天日干しにしてしまうのよ。
ほら、ようやく朝陽が昇ってきた。
どうかしら。これがこの町だけの、とびきり変わった縁起物の初日の出。
梅干しみたいにシワシワになった太陽なんて、初めて見るでしょ？

解説

大森《おおもり》 望《のぞみ》
（翻訳家・評論家）

本書『ショートショート・マルシェ』は、二〇一四年に『夢巻』で彗星のごとくデビューした新進気鋭のショートショート作家、田丸雅智の第四作品集。文庫で出るのはこれが初めて。お値段的にはいままでいちばん手にとりやすくなっている。

前作の『家族スクランブル』（小学館）が家族ものを中心にした作品集だったのに対し、本書は（広い意味で）「食」とそれに関連したものをテーマとするショートショート十八編を収録する。

題名のmarchéとは、フランス語でマーケット（市場）のこと。この青空市場には、世にも珍しい山菜やキノコ、安くて新鮮な魚、不思議なトウモロコシやキャベツがずらりと並び、ケーキやチョコレートのデザート、真っ赤なリンゴはもちろんのこと、疲れたらひと休みできるカフェや、うまいビールのサービスもある。最後を締めくくるのは秘伝の方法でつくられた梅干しで……と、うっかり中身を説明しはじめると興を殺ぐことにもなりかねない。どこからどう読んでもかまわない本なので、市場をぶらぶら歩く感覚で、興味を惹かれたものをつまみ食いしてみてください。ひとつひとつの口あたりは軽く、ピリ辛にほろ苦、ほんのりした甘さまで、いろんな味がそろっているから、いったん手を出したら、やめられない止まらない。ふと気がつくと十八編をあっという間に読み終えて、これまでに出た三冊を探しはじめている――ということになるかもしれないのでご注意を。

　さて、ショートショートと言えば星新一《ほししんいち》が神様だが、田丸雅智はその星新一の孫弟子にあたる。星新一の唯一の直弟子が江坂遊《えさかゆう》で、その一番弟子が田丸雅智なのである。もちろん、星新一以外にも、都筑道夫《つづきみちお》、山川方夫《やまかわまさお》の昔から、ショートショートを量産している作家はたくさんいる。二千編をはるかに超える作品を発表した眉村卓《まゆむらたく》を筆頭に、阿刀田高《あとうだたかし》、小松左京《こまつさきょう》、筒井康隆《つついやすたか》、岬兄悟《みさきけいご》、中原涼《なかはらりょう》、高井信《たかいしん》、太田忠司《おおたただし》、井上雅彦《いのうえまさひこ》、藤《ふじ》井青銅《いせいどう》……という具合。しかし、星新一の名前が大きすぎたのか、ショートショートだけでは生活できないためか、〝ショートショート作家〟と呼ばれるほどショートショートにこだわった作家はほとんどいない。江坂遊は、その数少ない例外のひとり。そんななか、新世代のショートショート作家として颯爽と登場したのが田丸雅智だった。

光文社文庫の読者には、著者の名前を本書ではじめて知ったという人もいるだろうから、このあたりで経歴を紹介しておこう。

田丸雅智は、一九八七年、愛媛県松山市生まれ。東京大学大学院工学系研究科卒。大学生のときからショートショートを書きはじめ、二〇一一年、井上雅彦が監修する《異形コレクション》シリーズの48巻、ショートショートを特集した『物語のルミナリエ』に「桜」が掲載されて、商業出版デビューを飾る。

翌一二年には、「海酒」で、樹立社ショートショートコンテストの最優秀作品賞にあたる「一等星」を受賞。このコンテストは、江坂遊のショートショート入門書『小さな物語のつくり方　ショートショート創作技術塾・星派道場』（樹立社）の巻末で公募した新人賞。選者の江坂遊は、二十六歳のとき、星新一に見出され、「花火」で星新一ショートショート・コンクール（のちの星新一ショートショート・コンテスト）の最優秀作品を受賞しているが、田丸雅智は二十五歳でその江坂遊に見出された格好だ。

二〇一三年四月に出た江坂遊編『小さな物語のつくり方2』には、受賞作「海酒」だけでなく、「ふぐの恩返し」「部屋釣り」「壁画の人々」「一本気」「夕暮れコレクター」と五作を投稿、そのすべてが編者の眼鏡にかなって掲載となり、星派道場の師範代をまかされるまでになった。同書に収録された座談会での田丸発言から、ショートショートを書きはじめた経緯に触れた部分を引用しよう。

まともに文学を読みはじめたのは、大学生になってからです。それまでは、ほとんど星新一作品で育ちました。江坂さんの「花火」に出会ったのは、大学生のときでした。衝撃でした。ショートショートでできることは、星さんがすべてやり切ったのだとなんとなく思い込んでいたのですが、江坂作品で、ショートショートの無限の可能性を知りました。実は、私のデビュー作「桜」は、自分自身の体験をもとに「花火」を再現しようと思って書いたものです。二十歳の春でした。
ちなみに私は、大学院までずっと理系の道を歩んできました。工学部で、環境エネルギー問題や、材料の研究をしていました。よく、「理系なのに文学？」と聞かれるんですが、数学、物理学、化学などには人生訓といいますか、物事の根本原理が凝縮されていますし、研究で培った考え方は、今でも物語をつくる上で大いに役立っています。

それと並行して、二〇一三年二月からは、日本SF作家クラブ公認ネットマガジン〈SF Prologue Wave〉に、「年波」をはじめとするハイレベルなショートショートを次々に寄稿し、SFファンや文芸編集者にその名を知られはじめる。

そして二〇一四年三月、初の単行本となる四六判ソフトカバーの作品集『夢巻』を出版芸術社から上梓すると、新人の四六判ショートショート集としては異例のヒットを記録し、たちまち増刷。

さらに、お笑いコンビ「ピース」の（というか、その後『火花』でセンセーショナルな作家デビューを果たした）又吉直樹が、フリーマガジン〈R25〉の「最近読んで面白かった本」に関する取材に答えて『夢巻』を挙げ、

「幻想文学みたいなものもあれば、コントみたいな笑える話もあって、収録されている20篇が全部面白い」「作品ごとに毛色が違って、命を司る死者みたいなのが出てくる、心に沁みる話（「蜻蛉玉」）もあったりします。ものによっては俳句のように余韻を楽しめたり、頭のなかに世界が広がっていったりするんです。1回読むだけでも驚きがある

し、読み返して考える余地もある。言い方は悪いですけど、浅くも深くも読めるというか……僕はそれって、いい本の条件なんちゃうかなと思っています」と語ったことで、世間的にも注目されることに。

これが縁でふたりのあいだに交友関係が生まれ、同じ出版芸術社から同年十月に出た第二作品集『海色の壜』には、又吉直樹の推薦コメントが掲載された。いわく、

「田丸雅智さんは、小説の可能性を拡げ続けている。新奇な発想や鮮やかな技の中に、郷愁や世界に対する哀愁まで漂わせている。海の色は土地や天候によって大きく変化する。壜の色も光によって変化を起こす。一篇ごとに別種の魅力を持つ『海色の壜』は、それぞれの読者に応じて、無限に特異な輝きを見せるだろう」

この『海色の壜』は、翌二〇一五年三月に発表された第五回「Twitter文学賞国内部門で、並み居る強豪を押しのけて二位にランクイン。人気の高さをあらためて証明した。

こうして、一躍、時の人となった田丸雅智は、いまや中間小説誌やＷＥＢ媒体からひっぱりだこで、生産量が急増。本書につづく出版予定も目白押しで、いまや日本一忙しいショートショート作家となっている。

それにしても、これだけの作品レベルと生産量をいったいどうやって維持しているの

か。前出の座談会で、創作方法について聞かれると、著者は、

「ショートショートは落ちやアイデアの奇抜さばかり先行してしまう節がありますが、もちろんそれは担保しつつも、単なる読み捨てではない、何度も読み返したくなるような世界観ある物語を書いていかなければならないと思っています」と宣言。

アイデアについては、

「私の場合、エクセルなどを使って単語を組み合わせて一からひねりだす方法か、ストックしているアイデアの種を広げるやり方でつくっています（広げるときに単語の組み合わせを使うこともあります）。アイデアの種は、生活のあらゆる場面から見つけだし、思いついたらすぐに携帯にメモをします。ごくまれに即戦力アイデアも思いつきますが、大抵の場合は、アイデアの種から苦心して物語を練り上げていきます。私は、アイデアを広げ、途中のエピソード（プロット）を考え、サゲまで固めてから執筆にかかることがほとんど」だと語っている。

こうして書きためた作品は、アマチュア時代の習作まで含めるとすでに三百編近い。自分で書くだけでなく、ショートショート創作術を教える活動にも力を入れ、二〇一三年から、各地の文学館や小学校や書店などで、超ショートショート書き方講座を開催。

田丸講座を受講した小中学生の中から、日経「星新一賞」ジュニア部門の入選者が二年つづけて四人も出るなど、ショートショートの伝道師としても大きな成果をあげている。

かくいう僕も、月に一回開催しているトークイベントのゲストとして田丸氏を招き、超ショートショート書き方を講義をしてもらったことがある。当日、生徒役で飛び入り参加してくれたのはSFアイドルの西田藍《にしだあい》さん。準備は簡単で、なんでもいいから名詞を二十個選び出し、そのうちの一個について、思いつくことを十個書くだけ。この日の例だと、西田さんが二十個の名詞（コップ、ビル、ガス燈、ビューラー、ポケットティッシュ、シュシュ、ヨーグルトなど……）から選んだのは「赤ちゃん」で、そこから思いついた言葉は、「小さい」「髪が薄い」「柔らかい」「哺乳瓶」など。この十種類の連想と、最初に選んだ二十個の名詞のどれかを組み合わせて、核になるフレーズ（不思議な言葉）をつくり、そこから話をつくっていく——というのが田丸式超短編創作法。この日、西田さんがつくった組み合わせは「髪の薄いシュシュ」。それはどんなものですか？　というところから西田さんがどんどんアイデアを出して話を広げ、田丸氏がその場でまとめて、シュールでユニークな奇想ショートショートが完成した（「髪の薄いシユシュ」をネットで検索すると読めます)。

ショートショートができあがる過程を生で観るのはたいへん面白く、田丸講座の人気が高いのもうなずける。ちなみに西田さんは、その日の夜、帰宅してから、田丸メソッドを使って「痛いボールペン」なる新作ショートショートをネット上で発表。「だれでもすぐ書ける!」という謳い文句がウソじゃないことを証明した。また、一五年六月に三省堂で開かれたトークイベントでは、これと同じシステムを使って又吉直樹氏が即興ショートショート「歩く望遠鏡」を創作している。小学生からアイドル、芸人まで、田丸式ショートショートの書き手の輪はどんどん広がっているようだ。

こんなふうに自分の創作方法をシステム化して、一定のメソッドに落とし込めるのも、理系ショートショート作家ならではか。もっとも、実際に自分でこのメソッドを使って書いた作品はまだそんなに多くないらしい。本書を読めばわかるとおり、田丸ショートショートは、論理の飛躍と同時に、懐かしさやさびしさなど、心の琴線に触れてくる叙情性が特徴。ほとんど駄洒落のような言葉遊び(巻頭の「ネコの芽」とか「捜索料理」とか)から強引に展開する腕力と、繊細な描写力。デジタル性とアナログ性、理系的なロジックと文系的なセンスが一体となって、田丸ワールドが完成する。

ショートショート作家・田丸雅智の挑戦はまだはじまったばかり。これからの快進撃に期待したい。

【初出】

Ｗｅｂ光文社文庫二〇一四年十一月～二〇一五年六月

「信号木」「日の出」……「小説宝石」二〇一五年七月号

光文社文庫

文庫オリジナル

ショートショート・マルシェ

著 者　田《た》丸《まる》雅《まさ》智《とも》

2015年7月20日　初版1刷発行
2020年11月30日　2刷発行

発行者　鈴木広和
印　刷　萩原印刷
製　本　ナショナル製本

発行所　株式会社　光文社
〒112-8011　東京都文京区音羽1-16-6
電話 (03)5395-8149　編集部
8116　書籍販売部
8125　業務部

落丁本・乱丁本は業務部にご連絡くだされば、お取替えいたします。
ISBN978-4-334-76937-6　Printed in Japan

組版　萩原印刷

光文社文庫 好評既刊

寂聴あおぞら説法 日にち薬 瀬戸内寂聴
いのち、生きる 瀬戸内寂聴 日野原重明
幸せは急がないで 瀬戸内寂聴 青山俊董 編
贈る物語 Wonder 瀬名秀明 編
成吉思汗の秘密 新装版 高木彬光
白昼の死角 新装版 高木彬光
人形はなぜ殺される 新装版 高木彬光
邪馬台国の秘密 新装版 高木彬光
「横浜」をつくった男 高木彬光
神津恭介、密室に挑む 高木彬光
神津恭介、犯罪の蔭に女あり 高木彬光
刺青殺人事件 新装版 高木彬光
呪縛の家 新装版 高木彬光
社長の器 高杉良
ちびねこ亭の思い出ごはん 高橋由太
バイリンガル 高林さわ
王都炎上 田中芳樹

王子二人 田中芳樹
落日悲歌 田中芳樹
汗血公路 田中芳樹
征馬孤影 田中芳樹
風塵乱舞 田中芳樹
王都奪還 田中芳樹
仮面兵団 田中芳樹
旌旗流転 田中芳樹
妖雲群行 田中芳樹
魔軍襲来 田中芳樹
暗黒神殿 田中芳樹
蛇王再臨 田中芳樹
天鳴地動 田中芳樹
戦旗不倒 田中芳樹
女王陛下のえんま帳 田中芳樹 垣野内成美 らいとすたっふ 編
ショートショート・マルシェ 田丸雅智
ショートショートBAR 田丸雅智